यात्रा

रवि मिश्रा

कॉपीराइट © 2023 by रवि मिश्रा

All rights reserved.

This book or any portion thereof may not be reproduced or used in any manner whatsoever without the express written permission of the respective writer of the respective content except for the use of brief quotations in a book review.

The writer of the respective work holds sole responsibility for the originality of the content and The Write Order is not responsible in any way whatsoever.

Printed in India

ISBN: 978-93-5776-877-1

First Printing, 2023

The Write Order
A division of Nasadiya Technologies Private Ltd.
Koramangala, Bengaluru
Karnataka-560029

THE WRITE ORDER PUBLICATIONS.

www.thewriteorder.com

Edited by - प्रियांका लाल

Typeset by एमएपी सिस्टम, बेंगलुरु

Book Cover designed by - कीर्तिप्रिया पी एच

Publishing Consultant - प्रियांका लाल

भाग: 1

आज इस वक़्त मैं एक अजीब सी कश्मकश में हूँ। एक अजीब सा अहसास मुझे बहुत सारे विचारों में उलझा रहा है। वक़्त के साथ जिंदगी में बहुत कुछ बदल गया है। मगर किसी एलबम के सबसे पहले पन्ने की तरह जो आखिर में सामने आता है अतीत की एक तस्वीर सामने आ गयी है। ऐसा लग रहा है जैसे समय यात्रा कर मैं अतीत में लौट आया हूँ।

आज मैं जो हूँ, वो बनने के लिए मैंने कई समझौते किये हैं। हाँ, ये कहने में मुझे कतई कोई शर्म नहीं कि मैंने जिंदगी को दुनिया के हिसाब से जीने के लिए कई बार, और कई, समझौते किये हैं। कुछ गलत नहीं किया मैंने। सभी समझदार लोग एक खूबसूरत जिंदगी के लिए समझौते करते हैं। मैंने भी समझौते किये हैं, क्योंकि इसमें कुछ गलत नहीं।

अगर दरिया ठहर जाये तो गुज़रते वक़्त के साथ उसके ठहरे पानी में भी काई लग जाती है। जिंदगी भी किसी दरिया जैसी ही होती है क्योंकि ये भी वक़्त के साथ बहती जाती है। गुज़रता वक़्त बार-बार अहसास दिलाता है कि वो धीरे-धीरे खत्म हो रहा है और कहता है, बन जाओ जो बनना है! मुझे अपनी जिंदगी को संतुलित करना था क्योंकि वक़्त खत्म हो रहा था।

बीता वक़्त कभी लौटकर नहीं आता। अगर बीता वक़्त लौटकर आता है तो वो तस्वीर से ज्यादा कुछ नहीं होता। हम चाहे जितनी बार रीयुनियन मना लें मगर गुज़रा वक़्त बस एक किस्सा भर ही रहता है। किस्से हमें कभी हँसा सकते हैं तो कभी शर्मिंदा कर सकते हैं पर किस्से सबसे ज्यादा हमें रुलाते हैं। हम भले बीते वक़्त के सामने मुस्कुराते हुए खड़े हो जायें पर अकेले में आँसू आँखों के कोर तक आ ही जाते हैं।

हर तस्वीर एक याद दोहराती है। मगर, यादें वो गुज़रे लम्हें होती हैं जिन्हें हमने जीया होता है। यादें उस लम्हे के जन्म लेने से अंत तक का वो अहसास होती हैं, जो बहुत कुछ के खो जाने जैसी होती हैं।

यात्रा

आज एक ख़त ने मुझे उलझा कर रख दिया है। बहुत सारी यादें बहुत कुछ छूट जाने और खोने के अहसास के साथ सामने आ गयीं हैं।

भला आज के ज़माने में ख़त कौन लिखता है! मगर, आज मैंने एक ख़त पाया है और साथ में एक बॉक्स भी है। जाने इस भागती-दौड़ती दुनिया में किसके अंदर इतना ठहराव बाकी है कि मुझे एक ख़त तो भेजा ही है और साथ में इतना सजाकर ये बॉक्स भी भेजा है।

मैं इतना कुछ सोच रहा हूँ जबकि अभी तक मैंने इस ख़त को खोला तक नहीं है और ना ही इस ख़त पर भेजने वाले के नाम को देखा है। मगर, उस लम्हे में कुछ था या इस ख़त में कुछ है कि जब कुरियर वाले ने मेरे दस्तख़त लेने के बाद मुझे ये ख़त दिया तो मैं अंदर तक सिहर गया। इस ख़त को छूते ही मुझे किसी के स्पर्श की याद हो आयी। हाँ, मुझे उसका अहसास छू गया जिसे मैंने भुलाया तो नहीं, पर एक अरसे से दोहराया भी नहीं।

जिंदगी में कभी-कभी कुछ ऐसे नाजुक पल आते हैं, जब आप एक रिश्ते में पतंग की तरह बंध जाते हैं। बिना उस रिश्ते के आसमान को छूना कठिन लगता है और बार-बार यूँ लगता है कि कहीं ये डोर छूटी, तो भटक जायेंगे।

मैं इस ख़त को हाथ में लेते ही वापस उसी रिश्ते की यादों से जुड़ गया हूँ। मेरा अहसास गलत नहीं हो सकता। मगर आज वापस, वही भटक जाने का डर सता रहा है क्योंकि अगर ख़त पर भेजने वाले का नाम पढ़ते ही या ख़त को खोलते ही मुझे पता चला कि मैं भ्रम में था तो...।

दिल कश्मकश में है। एक दिल कहता है कि पलटकर ख़त भेजने वाले का नाम पढ़ूँ और एक दिल कह रहा है कि कुछ नहीं रखा बीते वक़्त के अहसास में। ख़त और बॉक्स को स्टोर रुम में रख, जिंदगी जैसे चल रही है चलने दूँ।

क्या ये मेरा डर है? हो भी सकता है। मगर, आज उन्नीस साल बाद ही सही, पर दिल बच्चे सा खुश भी है। ये दिल इतना कन्फ्यूज क्यों रहता है?

मैं सोच रहा हूँ कि पलटकर नाम देख ही लेता हूँ। सारी उलझनों का कम-से-कम अंत तो होगा। पर दिल अभी भी कन्फ्यूज है, और कह रहा है कि कुछ पल और इस अहसास के साथ रहना कितना अच्छा होगा! इसका मतलब कि क्यों ना इस ख़त को जेब में रहने दूँ।

आज दिन खुशनुमा लग रहा है और वो भी बस इस ख़त को हाथ में रखने भर के अहसास से। अगर ये ख़त दिनभर दिल के करीब रहेगा तो पूरा दिन खुशनुमा जायेगा। कभी-कभी लालची भी हो जाना चाहिए।

हम्म...। अब तो ये ख़त शाम को या फिर रात को स्टडी में आराम से बैठकर ही पढ़ूँगा। शायद ख़्वाब भी हसीन हो जायें। वैसे भी, आज कुरियर वाले ने सुबह-सुबह ये अहसास तो करा ही दिया की पंक्चुअलिटी किसे कहते हैं। मुझे भले अपनी दुकान ही खोलनी है, पर पंक्चुअलिटी तो होनी ही चाहिए।

भाग: 2

एक खुशनुमा दिन की चाहत में मैंने ख़त को वैसे ही कमीज़ की जेब में रख लिया। जाने क्यों, पर एकदम से धड़कन धक्क से हुई और एक खुशी का अहसास साँसों में घुल गया। मगर, अगले ही पल मैं एक डर से घिर गया था। ख़त तो मैं साथ लेकर जा सकता था पर बॉक्स? मुझे उस बॉक्स को कहीं तो छुपाना था क्योंकि मेरे से पहले उस बॉक्स को कोई और खोल लेता तो सब गड़बड़ हो जाती।

मैं उस जगह के विषय में सोच रहा था जहाँ उस बॉक्स को छुपा सकूँ क्योंकि स्टडी में बच्चों का आना-जाना लगा रहता था और अपने कमरे में रखना भी सुरक्षित नहीं था। अब बस स्टोर रुम ही एक ऐसी जगह थी जहाँ मैं उस बॉक्स को रख सकता था। लेकिन मुझे स्टोर में बॉक्स को ऐसी जगह रखना था और ऐसे रखना था कि राधा की नज़र ना पड़े। राधा, मेरी हमसफ़र। मेरी धर्मपत्नी जी का रसोई और स्टोर रुम से अटैचमेंट कुछ ज्यादा ही गहरा है। उनके दिन का दो-तिहाई हिस्सा रसोई और स्टोर के बीच चक्कर लगाते हुए ही गुज़रता है। ऐसे में मुझे बॉक्स को कम-से-कम उनके मसालों वाली अलमारी के आसपास तो नहीं ही रखना था। इसलिए मैंने बॉक्स को एक ओर बोरे से ढक कर रख दिया। आज मुझे अजीब सी खुशी का अहसास हो रहा था।

अब समय हो गया था कि मैं दुकान के लिए निकल ही जाऊँ क्योंकि पहले ही बहुत देर हो चुकी थी। माँ और राधा मंदिर से लौटने वाली थीं, और आते ही मुझे अब तक घर पर देख माँ मदन से जरूर कहती, 'क्या रे, मदन, भैया को चाय नहीं पिलाई क्या?' जिसका केवल एक अर्थ था, चाय पी ली तो मैं घर पर क्यों हूँ?

मदन हमारा रसोइया भी है, धोबी भी, माली भी और चौकीदार भी। वो अकेला ही पूरे घर को संभाल लेता है, उसे ट्रेनिंग माँ ने जो दी है। वो नौ वर्ष का था जब माँ उसे अपने साथ दहेज में लाई थी। तब से आज तक वो माँ की परछाई बन हर वक़्त इस घर को संभालता है। माँ घर पर हो या ना हो, मदन माँ की आँख और कान बन घर में मौजूद रहता है। वो बड़ा मुँहलगा है, और किसी की भी शिकायत करने से नहीं झिझकता। मैंने खुद उसे कई बार माँ से पिता जी की शिकायत करते सुना है। ऐसे में मेरी क्या औकात?

मुझे मदन से डर नहीं लगता, पर मैं नहीं चाहता कि घर पर फिजूल की किचकिच हो। वैसे भी मदन तब घर के पिछवाड़े में पौधों को पानी दे रहा था जब कुरियर वाला आया था। मैं आज खुशकिस्मत हूँ, क्योंकि जैसे ही मैं चाय पी दुकान के लिए निकलने को हुआ और दरवाजा खोला, कुरियर वाला मिल गया। संयोग था कि कुरियर वाले ने ना तो आवाज दी और ना डोरबेल बजाई। वैसे भी मैंने चाय पी मदन को आवाज दे कह दिया था कि मैं दरवाजा सटाकर जा रहा हूँ। जिसका अर्थ था कि मदन के लिए मैं घर से कब का निकल चुका हूँ। मगर, अब मुझे जल्दी इसलिए निकलना था क्योंकि कभी भी सामने से माँ और राधा या फिर घर के पिछवाड़े से पौधों को पानी दे मदन काका आ सकते थे।

मैं जल्दी से दबे कदमों से घर से निकल गया। मगर, जैसे ही चौराहे से मुड़ा, मैंने माँ और राधा को सामने से आते देखा। कसम से, मैं तो चोरों की तरह डर गया था। वो तो अच्छा हुआ कि दोनों में से किसी की भी मुझ पर नज़र नहीं पड़ी और मैं जल्दी से दुकान की ओर बढ़ गया।

जब दुकान पहुँचा तो पशुपति मामा जी पहले से वहाँ खड़े थे। मैंने मन-ही-मन कहा, "इनको भी आज वक़्त से दुकान आना था।"

पशुपति मामा ऐसे तो बहुत सरल स्वभाव के हैं पर माँ के सामने तो इनकी भी नहीं चलती। अगर मामा जी की माँ से आज बात हो गयी और माँ ने बातों-बातों में मेरे विषय में पूछ लिया तो पक्का था कि मामा जी आदतन सब सच कह ही देते। इसलिए मैंने मामा जी के कुछ भी कहने या पूछने से पहले ही मामा जी को एक झूठ सच बना कर चिपका दिया।

मेरे पहुँचते ही मामा जी की सवालिया नज़रें मेरे चेहरे पर थी। मैं जानता था कि जब वे दोपहर में खाना खाने घर जायेंगे तो माँ के आगे सब बक देंगे। इसलिए मैंने बहाना बनाते हुए हँस कर कहा, "माफ कीजिएगा, मामा जी। आज रास्ते में एक स्कूल के दिनों के दोस्त ने सामने से रोक लिया और देर हो गयी। मैं तो नज़रें बचाकर वहाँ से निकलने के फिराक में था पर...। खामखाँ आज देर हो गयी।"

मैंने बहाना तो बहुत चालाकी से बनाया था और मामा जी को मामा बनाने की कोशिश की थी। मगर, मन दुविधा में था कि कहीं उन्हें शक ना हो जाये। इसलिए मैंने बात खत्म कर मामा जी की आँखों में आँखें डाल देखा। मगर, या तो मामा जी को शक नहीं हुआ था या फिर उन्हें मेरे देर से आने से कोई फर्क नहीं पड़ा था क्योंकि वो चुपचाप खड़े मुस्कुरा रहे थे।

भाग: 3

शटर उठा मैंने दुकान खोली और सफाई के काम में लग गया। मामा जी भी बहीखाते ले गल्ला मिला रहे थे। इसी बीच मामा जी ने अचानक हँसकर कहा, "मैं कब से सोच रहा था, कि आज ये अजब संयोग हुआ। मैं भी तेरे आने से दो मिनट पहले ही आया था और देख ना मुझे भी आज एक पुराना दोस्त मिल गया था।"

मामा जी की बात सुन मैं हँस पड़ा। मगर, अंदर-ही-अंदर बार-बार एक ख्याल हो रहा था कि कहीं मामा जी मेरी टाँग तो नहीं खींच रहें।

अब ये तो रात को घर लौटने पर ही मालूम होना था कि मामा जी टाँग खींच रहे हैं कि सच कह रहे हैं।

पशुपति मामा का मेरे जीवन में प्रादुर्भाव मेरे जन्म से पूर्व ही हो गया था। वैसे भी मामा लोग तो 'साले' के रूप में पहले से अप्पोइंटेड तो रहते ही हैं। यूँ तो पशुपति मामा मेरी माँ से बस साल भर छोटे थे, पर थे तीन बहनों के एकलौते भाई। मेरी माँ से बड़ी दो मौसियाँ तो दूर जयपुर और मुम्बई में ब्याही थीं, पर नाना जी ने माँ की शादी बस तीस किलोमीटर दूर हमारे शहर में करी, ताकि कम-से-कम एक बेटी नज़र के सामने रहे।

जब भी पर्व-त्योहारों पर नाना जी के यहाँ से मीठाईयाँ और फल भेजे जाते तो मामा जी ही लेकर आते। माँ को लिवाने या पहुँचाने भी मामा जी ही आया-जाया करते। जयपुर और मुम्बई तो नाना जी खुद चले जाते थे ताकि बड़ी मौसियों से मिल लें। मगर, हमारे घर की जिम्मेदारी पशुपति मामा की ही थी। इस तरह मामा जी का हमारे परिवार के साथ एक गहरा जुड़ाव बन गया था। माँ भी मामा जी को बहुत मानती थी इसलिए ही तो उन्होंने पिता जी को कहकर मामा जी को दुकान में परमानेंट रखवा लिया था।

नाना जी और नानी जी के देहावसान के बाद मामा जी शहर में ही बस गये थे। अपने गाँव की खेतीबारी साल में एकाध बार जाकर देख आया करते और बटाई में जो उपजता वो वहीं बेचकर नगद ले आया करते। उनके शहर में बसने की

एक वजह मैं भी था क्योंकि मामा जी की केवल एक बेटी थी, "अमृता दीदी।" जिसे मैं प्यार से गुड़िया दीदी कहा करता।

मामा जी ने पिता जी के साथ मिलकर हमारे व्यापार को काफी आगे बढ़ाया। पर जब से पिता जी को किडनी की समस्या हुई है तब से मैं ही मामा जी के साथ व्यापार संभाल रहा हूँ। अब पिता जी बड़े भैया के साथ दिल्ली में ही रहते हैं। हम ही एक-एक कर साल में मौके-बेमौके दिल्ली घुम आते हैं।

डॉक्टर बृजमोहन, यानी कि बड़े भैया की दिल्ली में अच्छी प्रेक्टिस है। छोटे शहर की अपेक्षा बड़े शहर में चिकित्सा की अच्छी व्यवस्था है, इसलिए माँ के कहने पर पिता जी दिल्ली निवासी हो गये। वैसे भी, भैया स्वयं डॉक्टर हैं तो पिता जी की अच्छी देखभाल हो जाती है।

मामा जी और मामी जी भी अब यहाँ अकेले ही हैं क्योंकि आज से उन्नीस साल पहले, जयपुर वाली मौसी के बताये संबंध में, गुड़िया दीदी की शादी कर दी गयी। अब कुल मिलाकर यहाँ मुजफ्फरपुर में मैं, मेरी पत्नी राधा, माँ, मेरा लड़का रोहित और बेटी रोहिणी, मामा जी, मामी जी तथा मदन काका हैं।

मदन काका की भी माँ ने शादी करवाई थी, पर काकी बच्चे को जन्म देने के क्रम में गुज़र गयी। डॉक्टरों ने अपनी तरफ से पूरी कोशिश की पर बच्चे और माँ दोनों को नहीं बचा पाये। उस घटना के बाद मदन काका बुरी तरह टूट गये थे। वे दो सालों के लिए अपने माता-पिता के पास लौट गये थे। पर एक दिन अचानक खुद ही लौट आये और आकर माँ से बोले, "दीदी, उस परिवार से ज्यादा वक़्त आपलोगों के साथ बिताया है। वहाँ सब पराया सा लगता है और अकेलापन काटने को होता है। अब से मैं यहीं रहूँगा, आपके पास।" और उस दिन से आज तक मदन काका वापस कभी अपने घर लौटकर नहीं गये। हमारे परिवार को अपना परिवार मान पूरी जिंदगी यहीं गुजार दी। ना कभी अपने भाई-भतीजों को याद किया और ना दूसरी शादी करी। कुल मिलाकर मैं, भैया और गुड़िया दीदी ही उनके बच्चे हैं।

मैं घर में सबसे छोटा हूँ। इसलिए सब मुझे प्यार से ननकू भी बुलाते हैं। मगर, मेरा नाम ननकू नहीं बल्कि ललित मोहन है। मैं बचपन में बड़ा शरारती था। मगर, शरारती होने का मतलब ये नहीं कि पढ़ाई में फिसड्डी था। मुझे पढ़ना इतना पसंद था कि मैं चाहता था कि दुनिया की सारी किताबें पढ़ लूँ। बस, इसी शौक को पूरा करने के चक्कर में घर में एक छोटी सी लाइब्रेरी बना ली है। मैं

अपनी लाइब्रेरी को स्टडी कहता हूँ, जहाँ बड़े होने के बाद एक कोना रोहित और रोहिणी ने हड़प लिया है। इसके बावजूद मेरी स्टडी घर का सबसे बड़ा कमरा है।

मगर, अफसोस कि मैं अपने शौक को पूरा नहीं कर सका। मैंने बड़े होते हुए सोचा था कि दुनिया के कोने-कोने में जाऊँगा और बहुत कुछ ऑब्जर्व करूँगा। उसके बाद अपने तजुर्बे और दुनिया की सच्चाई को यूँ सजाऊँगा कि एक बेहतरीन कहानी बन जाये।

मुझे जहाँ तक समझ आता है, मेरे ख्याल से अच्छा लिखने के लिए दुनिया को पढ़ना बहुत जरूरी है। वरना गुज़रते वक़्त के साथ आपकी कलम को जंग लग जाती है। इसलिए दुनिया को जानने का बस एक तरीक़ा है—दुनिया की भीड़ में खोकर, खुद को खोजना।

भाग: 4

मैं बस अपनी ही बात किये जा रहा हूँ और आपलोग सोच रहे होंगे कि एक गल्ला का व्यापार करने वाले के जीवन में ऐसा क्या खास होगा कि बस एक ख़त से पूरी दास्तां बन जाये?

सच है, आज मेरी जिंदगी एक ही ढर्रे पर चल रही है। मगर, कुछ साल पहले मैं एक आज़ाद परिंदा था, एक शाख से बिछुड़ा पत्ता था, एक खोजी, एक मनमौजी बंजारा था। मैं वो सब करता था—जो दिल करता था। हाँ, मैं बस दिल की ही सुनता था—बस दिल की। मगर, आज मैं वैसा कुछ करने की सोच भी नहीं सकता जैसा मैंने तब किया जब मैं दिल की सुनता था।

बचपन में माँ की डाँट मेरे हिस्से आती थी और मैं पागलों की तरह हँसता था। माँ हमेशा से बहुत परंपरावादी थीं और समाज को बेहतर समझती थीं। आज लगता है कि माँ का प्रत्येक निर्णय कितना सही होता था; चाहे वो भैया के काले होने पर उन्हें डॉक्टर बनाने का हो, चाहे पिता जी को शहर भैया के पास भेजने का और चाहे मुझे दुकान संभालने के लिए यहाँ रोक लेने का। आज मैं जो हूँ, वो माँ की बदौलत ही हूँ।

कभी-कभी इंसान को पता होता है कि उसे क्या करना है, पर वो ये नहीं जानता कब और कैसे?

मैं थोड़ा भटक रहा हूँ क्योंकि मैं जो सोच रहा हूँ वो कहने से पहले शुरू से सिलसिलेवार बात हो तो बेहतर रहेगा।

बचपन अलग ही होता है, हैं ना? हर किसी को वापस बच्चा हो जाने को दिल चाहता है। मैं बचपन में होशियार और बहुत शैतान था। मुझे याद है कि मैं अक्सर अपने से बड़े लड़कों के साथ साईकिल ले घूमने निकल जाया करता था। हमारे शहर के दो हिस्सों को जोड़ती एक नदी है, 'बूढ़ी गंडक'। मैं अपने से बड़े उन दोस्तों के साथ अक्सर नदी देखने चला जाता था। 'सीढ़ी घाट' की सीढ़ियों पर मैंने बहुत सारे सच देखें हैं। गंगा स्नान के दिन जहाँ त्योहारों सा मेला होता है वहीं पास

यात्रा

के मसान में अपनो को अंतिम विदाई देकर आये लोगों के लिए दुःख का मेला। मगर, 'सीढ़ी घाट' लोगों से कभी रिस्ता नहीं जोड़ता क्योंकि बारह दिन लगातार आने वाले लोग हर रोज यूँ मुँह फेरकर जाते हैं मानों उनका वो अपना अमर था, पर 'सीढ़ी घाट' ने उससे उसकी अमरता छीन ली।

हम सभी लड़के 'सीढ़ी घाट' की सीढ़ियों पर बैठे, मंद-मंद बहती हवा का आनंद लेते, आसपास चलते तमाशे देखते थे। कुछ जुआरी लोग एक कोने में अपने चीड़ि के गुलाम, जोकर और पान की बेगम के साथ मशगूल रहते थे, तो कुछ फूडी लोग बस घाट के पास वाले स्टॉल पर लीट्टी और घुघनी खाने आते थे। कुछ नदी के बहते जल में पूजा की सामग्रियों को अर्पित करने और कुछ तैरने। तैरते तैराकों को देखना ऐसा मालूम होता था, जैसे कोई अनोखी चीज हो। कम-से-कम मेरे बालमन के लिए वो एक अद्त आकर्षण था। मुझे भी इच्छा थी कि तैरना सीखूँ। मगर, माँ के अनुसार मेरे सर में दो भँवरी हैं और मेरे लिए नदी के पास होना भी खतरनाक है। अपनी इच्छा मदन काका से कह मैंने अपने पैरों पर खुद कुल्हाड़ी मार ली क्योंकि उसके बाद मेरी साईकिल के पुर्जों को अलग-अलग कर बोरे में कस दिया गया और मेरा नदी जाना बंद हो गया।

माँ के अनुसार मैं कुछ ज्यादा ही मनमौजी हो गया था इसलिए मेरे मास्टर जी को सख्ती बरतने की सलाह दे दी गयी। तिवारी सर, हम मासूम बच्चों के लिए फिल्मों वाले अमरीश पुरी से कम नहीं थे। मेरे लिए उनका अवतरण दिन में कम-से-कम दो बार तो जरूर होता था, एक बार विद्यालय में और दूसरी बार होम ट्यूशन में। मगर, इमानदारी से कहूँ तो तिवारी सर का किसी भी विषय में कोई हाथ नहीं पकड़ सकता था। इसके बावजूद उनकी वो बड़ी-बड़ी आँखें और कड़कड़ाती आवाज, ऊपर से वो कपड़े के थान से निकला रोल, किसी के भी होश ठिकाने लाने के लिए काफी थे। मगर मैं तो मैं था, उनसे भी नहीं डरा। वैसे डरता भी क्यों, जब जो काम भैया तीन दिन में करते थे वो मैं एक दिन में ही कर के दिखा और सुना दिया करता था।

बचपन की मस्ती खूब आनंद से चल रही थी। मैं, भैया और गुड़िया दीदी हर तरह के खेल खेला करते। मुझे तो वैसे भी कभी कोई फर्क नहीं पड़ता था कि खेल लड़कियों का है या लड़कों का, मुझे तो बस खेलने से मतलब था। हमने साथ में आँख-मिचौली, छुपन-छुपाई, रस्सी कूदना, पोसंपा, गिल्ली-डंडा और ना जाने क्या-क्या खेल खेले होंगे। मगर एक दिन मेरे मन में एक अलग तरह की हलचल हुई, जब मैंने प्रीति को पहली बार देखा। वो ग्यारह की थी और मैं बारह का। उम्र

बताने की वजह यह है कि मैं स्पष्ट कर देना चाहता हूँ कि ये केवल आकर्षण था। एक ऐसा आकर्षण जो केवल मुझे हुआ था।

हमारे पड़ोस वाले घर में एक दरोगा साहब ने भाड़े पर कमरा लिया था और प्रीति उनकी ही सुपुत्री थी। संयोग से दरोगा साहब की दो लड़कियाँ ही थीं, प्रिया और प्रीति। प्रिया शायद प्रीति से तीन-चार साल बड़ी थी और इसलिए वो मुझे, भैया को और गुड़िया दीदी को बच्चा समझती थी। दिन भर चश्मा लगाये, किताबों में आँखें गड़ाये ऊपर वाले कमरे की बालकनी में बैठी ही रहती थी। सच कहूँ तो उसे देख भैया को इन्सिक्योरिटी जरूर होने लगी थी। भैया को देखकर कोई भी नहीं कह सकता था कि वो पंद्रह के हैं, उनकी त्वचा से उनकी उम्र का पता ही नहीं चलता था। मगर, माँ के लिए प्रिया एक उदाहरण बनती जा रही थी। जबकि मेरे लिए प्रीति ज्यादा खेलने का बहाना।

भाग: 5

खैर बचपन तो खेलकूद में बीत जाता है। मगर, जब बचपन में कोई मन को इतना भा जाये कि उससे लगाव सा हो जाये, तो क्या ही कहिए? मुझे भी प्रीति से उतना ही लगाव हो गया था जितना भैया को प्रीति की बड़ी बहन से नफरत। घर में दिनभर शोर रहता था। एक तरफ मैं, प्रीति और गुड़िया दीदी खेल में लगे रहते थे, वहीं दूसरी तरफ माँ भैया को पढ़ने को कहती और भैया अपनी कमजोरी से वाकिफ होने के कारण गुस्से में चीखते रहते, "क्या, माँ, मैं दिन भर पढ़ता ही रहूँ? हर वक़्त तुम मेरे ही पीछे पड़ी रहती हो। गुड़िया भी तो नहीं पढ़ती दिनभर, पर उसको कोई कुछ नहीं कहता।"

और माँ का जवाब होता, "वो लड़की है। पढ़े, ना पढ़े। उसे तो अगले घर जाना है और उसे भी तो रसोई का काम सीखने को कहती ही हूँ।"

भैया के पास माँ के जवाब के बदले में सिवा एक बात के कोई तर्क नहीं होता था, "अच्छा है, बहुत बढ़िया। गुड़िया लड़की है, ननकू अभी छोटा है। सब मेरे ही पीछे पड़े रहो।"

हम खेलते हुए हँस देते थे और माँ भी हमारे साथ हँस कर कहती, "बड़ों सी बात करता है और बच्चों की तरह खेलना है। जा, पढ़ाई कर। देख प्रिया को, कितना मन लगाकर पढ़ती रहती है।"

प्रिया का नाम सुनते ही भैया के सीने पर साँप लोट जाते।

भैया पर क्या बीत रही थी, वो मैं समझ सकता था क्योंकि उन्हें पाठ समझने तथा याद करने में वक़्त लगता था और इस कारण उन्हें खेलने को ज़रा भी वक़्त नहीं मिल पाता था। मगर, प्रिया की प्रतिस्पर्धा का नतीजा अच्छा ही हुआ और धीरे-धीरे भैया की सीखने की क्षमता बढ़ती गयी।

मगर, मैं धीरे-धीरे पढ़ाई से भटक रहा था। ऐसा पहली बार हुआ था कि मुझे गणित में मात्र बहत्तर अंक आये थे। हुआ तो फिर भी वर्ग में प्रथम ही था, पर

गणित में नब्बे से कभी कम अंक ना लाने वाला मैं, केवल बहत्तर अंक ला पाया था। ये शेयर मार्केट से भी बड़ी गिरावट थी। माँ के लिए मेरा गणित में नब्बे से सीधे बहत्तर पर जाना बिल्कुल वैसा ही था जैसे साँप सीढ़ी में निन्यानबे पर साँप का डसना और सीधे पाँच पर ला पटकना।

भैया का परीक्षा में अच्छा करना और मेरा गणित में कम अंक लाना दोनों मेरे लिए नकारात्मक संदेश थे, और ऊपर से दरोगा अंकल ने आ कर आग में घी डालने का काम किया। वे आये तो जलेबियाँ लेकर थे पर छिड़क कर नमक गये। उन्होंने आते ही प्रीति की तारीफों के पुल बाँध दिये, "नमस्ते, भाभी जी; नमस्ते, भैया। कल बच्चों का परीक्षाफल आया। क्या बताऊँ कि कितना अच्छा लगा! प्रिया तो हमेशा ही प्रथम आती है, पर इस बार प्रीति ने भी अच्छा किया है। उसे आपके ननकू के साथ दिनभर खेलता देखता था तो डर लगता था कि कहीं फेल ना हो जाये। मगर, आपका ननकू भी होशियार लड़का है और प्रीति भी अब अच्छा कर रही है। प्राचार्य महोदय बता रहे थे, ननकू तो हमेशा ही प्रथम आता है। साथ ही मुझे बधाई भी दी क्योंकि प्रीति ने इस बार दूसरा स्थान प्राप्त किया है। इसलिए आते हुए मुँह मीठा करवाने को जलेबियाँ ले आया। वैसे पता चला कि बृजमोहन इस बार दूसरे स्थान पर आया है। चलिए अच्छा ही है, पिछली बार से बेहतर किया है। वैसे प्रिया से आगे निकलना बृजमोहन के लिए थोड़ा कठिन होगा, ये बात अलग है कि प्रीति ननकू से कहीं आगे ना निकल जाये।"

दरोगा अंकल की बातें उनकी लाई जलेबियों के जैसी गोल-गोल थीं। उनकी बातों ने एक पल को मेरे इगो को हर्ट कर दिया और उस पल मुझे प्रीति पर बड़ा गुस्सा आया, अपने पापा को बता नहीं सकती थी कि परीक्षा में मैंने उसकी कितनी मदद की थी। अपनी कॉपी से देख कर लिखने ना देता तो दस स्थान के आसपास भी नहीं दिखती। मगर, अगले ही पल मेरे मनमौजी दिल ने मुझे टोका और कहा, 'ललित, कर के गाते नहीं।'

पता नहीं क्यों, पर प्रीति के प्रति ना मैं कुछ गलत कह पाता था और ना सुन पाता था। खेलते वक़्त वो आउट हो जाती तो मैं झूठ बोल उसे बचा लेता। वो गिर जाती तो उससे ज्यादा तकलीफ़ मुझे होती। कई बार, गुड़िया दीदी उसके कारण मुझसे नाराज भी हो जाया करती। मगर, गुड़िया दीदी तो अपनी थी, मैं मना ही लेता था। लेकिन कभी किसी कारण से प्रीति नाराज हो जाती तो मन बेचैन हो जाता। हर पल उसी का ख्याल रहता। ना भूख लगती और ना प्यास।

शायद बचपने में ही सही पर मुझे प्यार हो गया था—पहला-पहला प्यार।

प्रीति की वो दो चोटियों वाली छवि आज भी मन के एक कोने में कहीं छपी है। अक्सर बचपन को याद करते हुए प्रीति का प्यारा चेहरा और उसकी प्यारी आवाज सबसे पहले याद आ जाती है।

मेरा और प्रीति का साथ बस एक-डेढ़ साल का ही रहा क्योंकि उसके बाद दरोगा अंकल का तबादला हो गया। प्रीति अपने परिवार के साथ लालगंज चली गयी और मैं उसकी यादों के साथ अकेला रह गया। मैं दुःखी था क्योंकि मेरा पहला प्यार अधूरा रह गया था, मैं इजहार भी तो नहीं कर पाया था।

लेकिन बृज भैया खुश थे, बहुत खुश। प्रिया चली गयी थी और अब कोई प्रतिस्पर्धा नहीं थी। मगर, मैं चाहता था कि काश प्रीति यहीं रहती और मुझसे अच्छा कर प्रथम भी आ जाती, पर कम-से-कम यहीं रहती। मेरा मन बार-बार बस यही कह रहा था।

भाग : 6

प्रीति चली गयी और माँ ने अगले साल ही भैया के दसवीं में प्रथम आते ही उनको भी भेज दिया, दिल्ली। हमारे यहाँ कोई अगर पढ़ाई में अच्छा करे तो उसे कालापानी की सजा मिलती है और घर-परिवार तथा दोस्तों से दूर दिल्ली या कलकत्ता भेज दिया जाता है। लेकिन ऐसा बस लड़कों के साथ ही होता है। कुछ लड़कियों के साथ भी होता होगा, पर मैंने अपनी आँखों से ऐसे चमत्कार कभी देखे नहीं क्योंकि प्रथम तो गुड़िया दीदी भी हुईं थी। भैया तो शायद जीवन में पहली बार ही प्रथम हुए थे लेकिन गुड़िया दीदी तो हमेशा वर्ग में प्रथम ही आती थीं। मगर, लड़के और लड़कियों के लिए तो समाज ने कायदे ही ऐसे बना रखें है कि उन्हें कभी कोई खास सम्मान या प्रोत्साहन नहीं मिला। शायद इसीलिए हम कॉन्वेंट में पढ़ते थे और गुड़िया दीदी गवर्नमेंट स्कूल में।

माँ ने लोगों के सामने तो कभी नहीं दिखाया कि वो कितनी परंपरावादी हैं, पर हम सब सब कुछ जानते थे। दरोगा अंकल की बेटी अपने घर की नहीं थी वरना माँ उससे भैया की तुलना कभी करती ही नहीं। माँ की दृष्टि में लड़के और लड़कियों में तुलना हो ही नहीं सकती। शायद ये वो संस्कार थे जो माँ को भी विरासत में मिले थे। कोई भी इंसान परिपूर्ण नहीं होता फिर चाहे माँ ही क्यों ना हो?

प्रीति और उसके बाद भैया के चले जाने से भी मैं जितना अकेला नहीं हुआ था, उतना अकेलापन मुझे माँ और मामी जी की बातों को सुन लगने लगा था।

एक दिन मैं आँगन में ही लट्टू नचा रहा था और माँ मामी जी से कह रही थी कि अमृता अब बड़ी हो गयी है, इसके शादी के विषय में सोचने का वक़्त आ गया है। उनकी बात सुन मेरा लट्टू मेरे हाथ से फिसल गया और मेरे ही पैर पर आ लगा। मैं दर्द से चीख पड़ा। माँ ने झट उठकर देखा और बोली, “भगवान का शुक्र है कि पाँव में कील नहीं लगी। देख कर नहीं नचा सकता क्या?” और फिर मामी जी से बात करने में लग गयी।

एक ही पल में चिंता और अगले ही पल में डाँट ये माँ ही कर सकती है।

मैं सब समझ गया था कि आज माँ ने मूड बना लिया है, गुड़िया दीदी के विषय में मामी को मना लेने का क्योंकि जो अड़चन हो सकती थी वो मामी के तरफ से ही हो सकती थी। मामा जी तो माँ की बात टालने से रहें। मैं भी ढीठ की तरह वहीं खड़ा लट्टू नचाता दोनों की बातें सुनने लगा।

माँ - देखो, भाभी, लड़कियों को बढ़ते देर नहीं लगती। अभी से लड़का देखना शुरू करेंगे तो कहीं एक-दो साल में जाकर कोई ढंग का रिश्ता मिलेगा।

मामी - मगर, दीदी, कहीं कोई लड़का एकदम से समझ आ गया और परिवार भी जँच गया तो?

माँ - तो क्या? सगाई करवा देंगें और फिर साल-डेढ़ साल रुक कर शादी।

मामी -(खुशी से हुलसते हुए) बात तो आप ठीक ही कह रही हो, दीदी। मेरा तो मन अभी से भावुक हो रहा है, मेरी गुड़िया भी दुल्हन बनेगी। (आँखों के कोर पर आयी नमी को पोछ कर) दीदी, पर इनसे, मतलब कि आपके भाई से आप ही बात करना।

माँ - भाभी, तुम चिंता क्यों करती हो? भैया मेरी बात टाल ही नहीं सकते और अगर कुछ संशय होगा तो मैं संभाल लूँगी। पर अब हमें तलाश में लग जाना चाहिए। मैं तो सोच रही हूँ कि जयपुर और मुम्बई दोनों दीदीयों को भी ख़त लिख दूँ, कहीं वे ही कोई अच्छा रिश्ता बता दें।

मामी - ये सही सोचा आपने। अब तो बस, दीदी, इनसे बात कर आप चिट्ठियों का काम कर ही दो। आप बैठो, मैं चाय बनाकर लाती हूँ।

माँ - अरे, आप छोड़ो, भाभी, मैं बनाती हूँ। आप तो बस अमृता की शादी की तैयारियों के बारे में सोचो।

मामी - क्या, दीदी, आपके रहते मुझे क्या सोचना। मैं चाय लाती हूँ और फिर बैठकर बातें करते हैं कि क्या कैसे करना है?

माँ और मामी की बातों ने मुझे बहुत डरा दिया था। अगर गुड़िया दीदी भी चली गयी तो मैं तो अकेला पड़ जाऊँगा! ये सोचकर ही मन रूआँसा हुआ जा रहा था। सच कहूँ तो उस पल गुड़िया दीदी के जाने का डर तो था ही, पर प्रीति की बहुत याद आ रही थी। ना जाने क्यों, पर उसकी कमी खल रही थी।

मैं घर से बाहर निकल गया और एक तरफ चबूतरे पर बैठ सोचने लगा, शायद मेरी क़िस्मत ही खराब है, इसीलिए तो एक-एक कर सब मुझे अकेला छोड़ जा रहें हैं। मेरी आँखें दरोगा अंकल वाले घर पर थी। जब से प्रीति लालगंज गयी थी, वो घर खाली ही पड़ा था। मकान के मालिक हमारे परिचित ही थे। एक बार मैंने उन्हें पिता जी से कहते सुना था कि कोई ढंग का किराएदार मिलेगा तभी भाड़े पर देंगे, और मैंने मन-ही-मन भगवान से कहा, कोई ना मिले, कोई ना मिले, एक सौ आठ बार कोई ना मिले। ना जाने क्यों पर मुझे उम्मीद थी कि प्रीति का परिवार वापस आयेगा।

भाग: 7

जब अमृता दीदी ग्यारह की थी तब नाना जी का देहावसान हो गया था। नानी अंदर से टूट गयीं थी। ऐसा होता ही है, जब आप किसी के साथ हर सुख-दुःख, हर परिस्थिति का सामना करते हुए पचास-पचपन साल गुजार देते हैं, तो वो आपके ही शरीर का एक हिस्सा हो जाता है। आपको हर वक़्त उसकी मौजूदगी चाहिए होती है। उसकी हाँ, उसकी ना सब अहमियत रखता है—बिल्कुल साँस लेने और धड़कन की तरह।

नानी की हालत देख माँ ने मामा जी से कहा कि वे पूरे परिवार के साथ शहर में ही शिफ्ट हो जायें। ऐसे भी पाँच सालों से वे हमारे साथ शहर में ही रहते हैं और महीने में एक से दो बार गाँव आ ख़ैर-ख़बर लेते है। पहले नाना जी थे तो बात और थी, वे बेफिक्र रह सकते थे। पर अब दो औरतों और एक ग्यारह साल की बच्ची को अकेला गाँव में छोड़ना ठीक नहीं होगा।

माँ की बात मामा जी ने मान ली और हमारे घर से थोड़ी दूर एक गली छोड़ एक मकान खरीद लिया। इस तरह पशुपति मामा सपरिवार शहर में ही बस गयें। मगर, एक साल भी नहीं गुज़रा था और नानी जी भी चल बसी। अब दोनों परिवार ही एक-दूसरे का सहारा थे। मामी जी थोड़ी मन की सीधी हैं, इसलिए उनके घर में भी माँ की ही चलती है। हाँ, कभी-कभी मामी जी सवाल जरूर करती हैं, पर माँ से कोई जीत नहीं सकता।

मामा जी माँ की बहुत इज़्ज़त करते हैं और इसलिए हर बात मान भी जाते हैं, ऊपर से मामी जी को भी माँ की उन लोगों के जीवन में भुमिका से कोई आपत्ति नहीं। इसलिए मामी जी और मामा जी के जीवन के सबसे महत्वपूर्ण फैसले और सबसे बड़े दायित्व को भी माँ ने अपने कंधे पर स्वयं ही ले लिया था। उन्होंने जिस तरह मामी जी को बातों-बातों में अमृता दीदी की शादी के लिए मना लिया था, एक हफ्ते बाद उससे भी सहज तरीक़े से मामा जी से भी हाँ कहलवा लिया।

मैं एक हफ्ते खामोश था क्योंकि मुझे उम्मीद थी कि मामा जी अमृता दीदी से जितना प्यार करते हैं, वो तो कुछ तो कहेंगे और माँ को पहली बार किसी के मुँह से ना सुनने को मिलेगा। नहीं, ऐसा नहीं कि मुझे माँ के शासन से कोई समस्या थी। मगर, मैं तो बस अमृता दीदी की शादी इतनी जल्दी होने नहीं देना चाहता था। बस, इसलिए चाहता था कि कम-से-कम मामा जी तो ना माने। लेकिन हमेशा की तरह मामा जी एक ही बार में माँ की बात मान गये और बोले, "जैसा तुम कहो, दीदी, तुम कोई गलत थोड़े ही ना करोगी। हमसे पहले तो अमृता तुम्हारी बेटी है।"

मैं देख रहा था माँ के होंठों पर मुस्कान और आँखों में चमक थी। आँखें तो मामा जी की भी चमक रहीं थी, पर उनमें बेटी की शादी की बात से ही नमी आ गयी थी।

अब मुझे ही कुछ करना था और मैं वही करने वाला था जो मेरे दिल ने कहा था। मैं माँ, मामा जी और मामी जी की चुगली करने वाला था। पहले पिता जी से और फिर गुड़िया दीदी से। ऐसा करना मेरा फर्ज था क्योंकि मैं गुड़िया दीदी से बहुत प्यार करता था।

मैंने दूसरे ही दिन मौका देख पिता जी को सब बता दिया। पर हुआ कुछ नहीं क्योंकि पिता जी तो हँस पड़े और हँसते हुए कहा, "आजकल तेरी माँ बहुत शातिर हो गयी है। अब वो मुझे बताये बिना ही बहुत कुछ कर लेती है और मुझे भी चौंका देती है। अब अगर अमृता की शादी के बारे में सोचा ही था तो इतनी अच्छी बात मुझसे क्यों छुपायी? आज तो तेरी माँ से लड़ना बनता है। ये ले पाँच रुपये, इतनी अच्छी ख़बर देने का इनाम। जा, जा कर कुछ खा ले।"

मेरे समझ नहीं आ रहा था कि मैंने ऐसा कौन सा कमाल कर दिया कि पिता जी इतने खुश हो गये। 'पाँच रुपये' और वो भी पुरस्कार! अजीब बात थी। मगर, मेरी योजना असफल रही। लेकिन हार मानना मेरे लिए कठिन था और अब बस आखरी दाँव चलना बाकी था।

मैं शाम का इंतज़ार करने लगा जब अमृता दीदी मेरे साथ खेलने घर आती।

इंतज़ार की घड़ियाँ ऐसे ही क्षणों में लम्बी लगने लगती हैं। खैर, इंतज़ार खत्म हुआ और गुड़िया दीदी आयी। मैंने उनको सब बताया और वो जैसे आयीं थी वैसे ही लौट भी गयीं। मगर, इस बार मेरी योजना कामयाब रही क्योंकि गुड़िया दीदी

लौटते हुए रो रहीं थी। मैं खुश था। मुझे खुद पर गर्व हो रहा था। बस एक बेचैनी थी कि अब क्या होगा?

दो दिन गुज़र गयें, पर गुड़िया दीदी उस दिन गयी सो लौटकर घर नहीं आयी। यहाँ घर में एक अलग सी खामोशी थी। माँ के चेहरे पर हमेशा वाली निश्चिंतता नहीं थी। कुछ तो हुआ था, पर मुझे ख़बर नहीं थी।

तीसरे दिन शाम को मामी जी और मामा जी घर आयें और दोनों सीधे माँ के कमरे की ओर बढ़ गयें। माँ कमरे में अकेली थी और कपड़े जो थोड़ी देर पहले मदन काका ने छत से उतार रखे थे, समेट रही थी। दो क्षण के बाद माँ ने अंदर से दरवाजा बंद कर लिया। अब कमरे में केवल माँ, मामा जी और मामी जी थे। तीनों के बीच यूँ चुपके-चुपके क्या पक रहा था, अनुमान लगाना कठिन था।

मैंने दरवाजे से कान लगा सुनने की कोशिश की। मैंने सुना माँ कह रही थी, "क्या, भैया, अब तुम उस छोटी बच्ची की सुनोगे? अरे, वो तो बच्ची है, नादान है, पर तुम भी...। ठीक है, तुम दोनों की बच्ची है, जो उचित लगे करो।"

जवाब में मामा जी ने कहा, "पर, दीदी, अभी वो मात्र पंद्रह साल की है। सरकार भी अठारह साल से पहले शादी को गलत मान रही है। इसलिए मैंने तय किया है कि कम-से-कम अमृता के अठारह के होने तक मैं उसकी शादी के बारे में नहीं सोचूँगा।"

सब समझ आ गया था। मेरी योजना कामयाब हो गयी थी। अब अमृता दीदी तीन साल और यहीं रहने वाली थी। मगर, मैं फिर भी पछताने को मजबूर था क्योंकि उस दिन के बाद से अमृता दीदी लगभग ना के बराबर ही घर आती थी।

भाग : 8

छः महीने गुज़र गये। गुड़िया दीदी का आना-जाना मेहमानों सा हो गया था। मैंने जो किया, वो सही था या गलत पता नहीं। लेकिन एक बात का संतोष था कि मामा जी तो कम-से-कम पिता जी की तरह नहीं थे। पिता जी को तो कभी हमारी परवाह ही नहीं रही। हाँ, समय-समय पर पैसे और जरूरत के सामान तो वो जरूर दे देते थे किन्तू कभी हम दोनों भाइयों में से किसी से बैठकर बात नहीं की। कभी हमारे साथ खेले नहीं और ना हमें जानने की कोशिश की क्योंकि वे निश्चिंत थे, अपने सारे दायित्व माँ को संभालते देख। मगर, मैं चाहता था कि मैं जो करना चाहता हूँ वो पिता जी को पता हो। मेरे दृष्टिकोण को समझ वो मुझमें अपने गर्व का अनुभव करें। पर पिता जी तो ज़रा-ज़रा सी बातों में ही खुश रहते थे। शायद उन्होंने जीवन का अनुभव ऐसे ही किया था और शायद उनके लिए छोटी-छोटी खुशियों का महत्व नाम और शौहरत से ज्यादा था। मगर, मैं अलग था और इसलिए माँ की नीतियों के खिलाफ भी। लेकिन सच तो यह है कि खिलाफ होना अलग बात है और विद्रोह कर पाना अलग।

छः महीने बाद पड़ोस में एक हलचल का आभास हुआ। ये बिल्कुल वैसी ही हलचल थी जैसी तब हुई थी जब प्रीति का परिवार बगल में शिफ्ट हुआ था। मुझे लगा कि दरोगा अंकल लौट कर आ गये। मगर, जीवन का एक सत्य यह भी है कि जीवन की इस यात्रा में बहुत सारे लोग कभी लौट कर नहीं आते। मगर, मैं अपने मन को इस तरह के सच पर यकीन करने नहीं दे सकता था क्योंकि मैं तहेदिल से चाहता था कि प्रीति लौटकर आये।

मैं हलचल का सच जानने को अपने छत पर चला गया, जहाँ से सड़क और उस घर का मुख्य द्वार साफ-साफ नज़र आता था। कोई परिवार था, जो अपना सामान शिफ्ट कर रहा था। मैंने देखा कि उस मकान के मालिक बाहर ही सड़क के एक ओर खड़े किसी से बात कर रहे हैं। हल्की धूप थी और तेज हवा चल रही थी। मेरे बाल बार-बार आँखों पर आ जा रहे थे। बसंत का आगमन सुहाना होता है और इस मौसम में ऐसी मादक धूप और हवा मन को पुलकित कर देते हैं।

मन को तो अच्छा लग रहा था क्योंकि मौसम मनभावन था, पर दिमाग़ कसरत में लगा था कि आखिर कौन लोग हैं जो वहाँ आये हैं? मैंने अपने खड़े होने की जगह बदलकर देखा तो उस मकान के मालिक जिस व्यक्ति से बात कर रहे थे, वे कोई और नहीं बल्कि पिता जी थे। पिता जी को देख इतना तो समझ आ गया कि वे सारी इंफोर्मेशन निकाल कर ही लायेंगे। मगर, तब भी जिज्ञासा थी कि शांत ही नहीं हो रही थी। मैं नये किराएदारों में परिचित चेहरा खोजने के प्रयास में लगा था।

दूर से भी आप उन्हें पहचान लेते हैं जिन्हें प्रायः देखते हैं या जिन्हें देखते हुए बड़े हुए हैं। मैंने पिता जी और मकान मालिक अंकल को इसलिए पहचान लिया था। मगर, नये किराएदार सच में नये ही लग रहे थे। एक औरत, एक दस-ग्यारह साल का लड़का और एक बड़ी लड़की नज़र आ रही थी। दूर से सब कुछ धूंधला था। पर इतना समझ आ गया था कि इस परिवार में तकरीबन तीन बड़े और दो छोटे लोग हैं।

मैं छत पर ही एक तरफ पड़ी अपनी पतंग उठा उड़ाने के प्रयास में लग गया। मैं उस तरफ से अपना ध्यान हटाना चाहता था क्योंकि वहाँ प्रीति नहीं थी। मगर, हवा इसकदर बेतरतीब चल रही थी कि पतंग उड़ा पाना भी असंभव लग रहा था। अंततः मैं सीढ़ियों से उतर नीचे आँगन में आ गया।

जब मैं आँगन में पहुँचा तो पिता जी ने घर में प्रवेश किया और चहकते हुए बोले, "आज बड़े दिनों बाद अपने बचपन के दोस्त से मिलने का मौका मिला, कसम से मजा ही आ गया, सुगंधा।"

पिता जी को खुश देख माँ ने भी मुस्कुराकर पानी का ग्लास बढ़ाते हुए कहा, "अच्छा, ये तो अच्छी बात है। मगर, आपके बचपन का दोस्त आपको मिल कहाँ गया?"

जवाब में पिता जी ने कहा, "अरे, वो उसी मकान में रहने आया है जहाँ दरोगा जी का परिवार रहता था। बचपन से बड़ा होशियार था, आज बैंक में मैनेजर है। यहाँ ट्रांसफर हुआ तो संयोग से उसी मकान में किराए पर आया है। मैंने तो शर्मा जी से कह दिया कि मेरे मित्र को कोई तकलीफ़ नहीं होनी चाहिए। वैसे तो शर्मा जी आदमी अच्छे ही हैं, वे भी हँसकर बोले कि, 'आपका मित्र मतलब हमारा मित्र। कोई परेशानी नहीं होगी'।"

पिता जी कि बात सुन माँ मुस्कुरा रही थी और मैं कुढ़, कहाँ से ये मैनेजर साहब आ गये?"

तभी माँ ने पिता जी से कहा, "अच्छा-अच्छा, अब बहुत हुआ आपका मित्र पुराण। सुदामा को कृष्ण मिल गये जैसे। खाना-पीना करना हो तो कहो, तो परोस दूँ?"

जवाब में पिता जी ने भी माँ को प्यार से देखकर कहा, "अरे, और किस लिए घर आता हूँ। खाना खाने ही तो आता हूँ, तुम्हारी डाँट खाने थोड़े ही आता हूँ।"

माँ अब भी मुस्कुरा रही थी।

भाग: 9

पड़ोस में यानी कि शर्मा अंकल के मकान में अब कोई और आ गया था। अब प्रीति के परिवार का उस मकान में आना तब तक संभव नहीं था, जब तक पिता जी के मित्र मैनेजर साहब का परिवार उस मकान में रह रहा था। मेरा हौसला टूटता जा रहा था; प्रीति को देखने कि ललक बढ़ती जा रही थी और मन में कितने ही प्रकार के विचारों का द्वंद चल रहा था।

मन अकेला पड़ गया था। दोस्तों के साथ क्रिकेट खेलने और विद्यालय का सारा पाठ कर लेने के बावजूद कुछ अधूरा-अधूरा लग रहा था। गुड़िया दीदी की भी आवाजाही कम हो जाना एक कारण था। मगर, सच तो यह था कि मेरी ख्वाहिशों को एक गहरा धक्का लगा था क्योंकि शर्मा अंकल के घर में अब प्रीति का वापस आना नामुमकिन सा हो गया था। अब केवल एक ही रास्ता था और वह था मेरा प्रीति से मिलने जाना। मगर, मैं प्रीति से मिलने कहाँ जाता और घर पर क्या बहाना बनाता?

मैं अपने मन की दुविधाओं को सुलझाने का मार्ग तलाशने में लगा था और इस क्रम में काफी खोया-खोया भी रहने लगा था। ना मुझे अपनी ख़बर थी और ना ही अपने आसपास के लोगों की। जबकि घर में सब समझ रहे थे कि यह दसवीं में आने का दबाव है और इस कारण किसी को मुझसे मेरे मन की सुध लेने की पड़ी ही नहीं थी।

एक दिन मुझे प्रीति तक पहुँचने का रास्ता मिल ही गया, जब मेरे एक दोस्त ने मुझे अपने साथ उसके रिश्तेदारी में एक शादी में लालगंज चलने को कहा। मुझे उसके साथ दो दिनों के लिए जाना था और मैंने दो पल भी नहीं सोचा, बस हाँ कर दी। मगर, जैसे ही मैंने घर पर दोस्त के साथ लालगंज जाने की बात कही, माँ भड़क गयी। माँ के लिए मैं छोटा बच्चा था और ऊपर से दसवीं की पढ़ाई का एक अलग बहाना था। लेकिन मैं भी कहाँ मानने वाला था? मैं भी इस बार तय कर चुका था और अपनी बात पर अड़ गया।

माँ बार-बार बस यही कहे जा रही थी कि क्या जरूरत है किसी दूसरे के साथ बिन बुलाया मेहमान बनकर जाने की, वैसे भी मैं अकेले जाने के लिए अभी छोटा हूँ। लेकिन मैंने भी कह दिया कि मेरे जुबान की कोई कीमत है कि नहीं? मैं हाँ कह चुका हूँ और मेरा दोस्त भी अकेले ही जा रहा है। वो बस मेरे साथ के कारण ही अकेला जा रहा है।

माँ ने अपने सारे उपाय लगा लिये। मगर, संयोग से इस बार पिता जी ने मेरा साथ दे दिया और अंततः मुझे अनुमति मिल ही गयी। फाइनली मैं लालगंज जा रहा था।

अब बस एक समस्या शेष थी और वो थी लालगंज में प्रीति का पता ढूंढना और उससे अकेले में मिलना। मगर, वो कहते हैं ना जहाँ चाह वहाँ राह। मैंने हिम्मत कर थाने से प्रीति के पापा यानी दरोगा अंकल का पता लगा लिया और उस पते को ले दोस्त के साथ लालगंज चल दिया। मुझे पता था कि लालगंज में प्रीति का पता होते हुए भी उस तक पहुँचना कठिन होगा, पर मैंने ठान लिया था कि कुछ भी करके उससे मिलूँगा और जो भी दिल में है, कह दूँगा।

मैं अपने दोस्त के साथ लालगंज के लिए चल दिया। बस में बैठते ही मुझे लग रहा था कि जैसे मेरे दिल को कोई सबसे बड़ी खुशी मिलने वाली है। हम दोनों दोस्त पढ़ाई की और इधर-उधर की बातें करते, हँसते-बोलते सफ़र का वक़्त गुजार रहें थे। सड़क उतनी अच्छी नहीं थी, पर सफ़र बड़ा प्यारा लग रहा था। मौसम थोड़ा गर्म था और बार-बार गला सूख रहा था। रास्ते में बार-बार कभी खीरा, कभी भूंजा और कभी फलों को बेचने वाले लोग गाड़ी में चढ़-उतर रहे थे। पिता जी ने भाड़े और सफ़र में खाने-पीने के लिए सौ रुपये के सिक्के दिये थे। मैंने खुद के और अपने दोस्त के लिए खीरा लिया और खाते हुए, सड़क के किनारे लगे पेड़ों, घरों और खेतों को निहारने लगा। इधर मेरा दोस्त जाने कब अपना खीरा खाने के बाद मेरे कंधे पर सर रख सो गया, मुझे पता ही ना चला। मुझे खीरा खाने के बाद भी भूख महसूस हो रही थी इसलिए एक दर्जन सिंगापुरी केले भी ले लिये। कुछ केले मैंने बैठे-बैठे खा लिये और बचे हुए दोस्त के लिए रख दिये, ताकि जब वो जगे तो खा ले। आखिर भूख तो उसे भी लगनी ही थी, सफ़र लम्बा जो था।

वो कहते हैं ना, चाहे जितना लम्बा भी सफ़र हो खत्म जरूर होता है। हमारा सफ़र भी खत्म हुआ और हम लालगंज पहुँच गये। वैसे उतना भी लम्बा सफ़र नहीं था, पर पहली बार अकेले सफ़र करना अपने आप में एक रोमांच भरा कारनामा था। मन में गुदगुदी सी हो रही थी। कुछ अलग सा अहसास हो रहा

था। उस वक़्त ना गूगल था, ना मोबाइल और ना वाहनों की इतनी सुविधा, पर मेरे आनंद का ठिकाना ना था।

आखिरकार जैसा हमनें पहले ही तय किया था, मैं रिक्शा पकड़ प्रीति के घर की तलाश में चल दिया और मेरा दोस्त विक्रम अपने रिश्तेदारों के घर के लिए। मैंने विक्रम से पता ले लिया था और कह दिया था कि शाम तक उसके घर पहुँच जाऊँगा।

भाग: 10

लालगंज आने से पहले मैं गुड़िया दीदी से मिला था और उन्हें बताया था कि घर पर कितना हंगामा हुआ। मेरी बात सुन गुड़िया दीदी ने आँखें बड़ी करते हुए पूछा था कि मैं इतने हंगामे के बाद भी अपनी बात पर क्यों अड़ा रहा, कहीं कोई और बात तो नहीं? मगर, मैंने उन्हें अहसास नहीं होने दिया था कि मेरे मन में क्या चल रहा है। मगर, अचानक उन्होंने खुद ही कहा, "सुन, ननकू, मेरा एक काम करेगा। अगर जा ही रहा है तो लालगंज में दरोगा अंकल के घर भी चले जाना और प्रिया और प्रीति से भी मिल लेना। बहुत वक़्त हो गया उनलोगों को यहाँ से गये। जाने वो लोग हमलोगों को याद करते भी होंगे कि नहीं! मुझे तो उन दिनों की बहुत याद आती है। वो, हमलोगों का साथ में खेलना, बृजमोहन का चिढ़ना और बुआ का बृजमोहन को परेशान करना। सच कहूँ तो कभी-कभी लगता है कि वक़्त क्यों गुज़र जाता है, काश हमलोग कभी बड़े ही ना होते!"

बात करते-करते अमृता दीदी का दर्द उनकी आँखों से छलक पड़ा था। ऐसे में मैं भला कैसे इंकार कर सकता था और मैंने उन्हें कहा था, "ठीक है, मैं कोशिश करूँगा और अगर वक़्त मिला तो जरूर जाऊँगा।" इस पर दीदी ने हँसकर कहा था, "तू तो पक्का जायेगा।" उस पल मुझे लगा जैसे दीदी को सब पता है और मेरी चोरी पकड़ी गयी। मगर, मैंने कोई प्रतिक्रिया नहीं दी।

रिक्शे वाले को पता बता मैं अपनी मंजिल के इंतज़ार में गुड़िया दीदी की वो हँसी याद कर रहा था। रिक्शा धीरे-धीरे दायें-बायें मुड़ते हुए बताये पते की ओर बढ़ रहा था। मोहल्ला तो मुझे पता था पर घर पता नहीं था। रिक्शे वाले ने मोहल्ले में पहुँचने के बाद पसीना पोछते हुए रुककर कहा, "बोलिये, बाबू अब किधर जाना है? आपके बताये अनुसार मोहल्ले तक आ गया।"

मैं सोच में पड़ गया था क्योंकि घर तो मुझे मालूम ही नहीं था। मगर, अब चुंकि मैं उस जगह पहुँच चुका था जहाँ से बस कुछ मिनटों की दूरी पर ही शायद मेरी तमन्ना थी, इसलिए हार मानने और पीछे हटने का तो सवाल ही पैदा नहीं होता

था। मैंने एक गहरी साँस ली, दायें-बायें देखा और एक किराने की दुकान की ओर इशारा कर कहा, "चच्चा, वो किराने की दुकान की ओर ले चलो।"

रिक्शेवाले ने बिना कुछ पूछे रिक्शा उस ओर बढ़ा दिया।

मैंने दुकान के सामने पहुँच, रिक्शे से उतर दुकानदार से दरोगा जी का मकान पूछा तो दुकानदार ने एक बार तो मुझे ऊपर से नीचे तक घूर कर देखा और फिर बोला, "रुको, मेरे स्टाफ के साथ चले जाना। वो उधर ही जा रहा है।"

दूकानदार की बात सुन मेरी तो आँखें चमक गयीं, पर मन में एक शंका थी जिसका निवारण जरूरी था। इसलिए मैंने एकबार फिर दुकानदार से कहा, "जी, भैया, ये वो दरोगा ही हैं ना जो मुजफ्फरपुर से डेढ़ साल पहले ट्रांसफर होकर आयें है, जिनकी दो बेटियाँ हैं, प्रीति और प्रिया?"

मेरी बात सुन दुकानदार ने एक बार फिर मेरे चेहरे को घूरकर देखा और कहा, "हाँ, वही हैं। प्रिया के पापा।" और अपने स्टाफ, जो कि एक दस-बारह साल का लड़का था, को एक पर्ची दे कहा, "जा, ये माल घर से ले आना और भैया को दरोगा जी के घर पर छोड़ देना।"

मैंने रिक्शे पर वापस बैठते हुए दुकानदार भैया के स्टाफ को कहा कि वो भी मेरे साथ रिक्शे पर ही बैठ जाये। मगर, वो ठिठक गया। वो कुछ कहता उससे पहले ही दुकानदार ने मुझसे कहा, "आप इसके साथ पैदल ही चले जाइये, दरोगा जी का घर बगल में ही है।"

मैं सब समझ रहा था, पर अनजान जगह पर अपनी संवेदनाओं का प्रदर्शन करना और वो भी उस स्टाफ लड़के को व्यक्तिगत रूप से ना जानते हुए, मुझे उचित ना लगा। मैंने रिक्शे से उतर रिक्शेवाले चच्चा को पैसे दिये और पैदल ही चुपचाप उस स्टाफ के पीछे-पीछे गलियों को ध्यान करते हुए बढ़ गया।

कुछ मिनटों बाद मैं दरोगा अंकल के घर के सामने था। मैंने एक पल सोचा कि अब कैसे अंदर जाऊँ और अगले ही पल मेरे मन ने कहा, झिझकने की जरूरत ही क्या है, जबकि सब मुझे जानते ही हैं। और मैं सीधे दरवाजे की ओर बढ़ गया। मैंने दरवाजे पर दस्तक की तो दो मिनट बाद प्रिया दीदी ने दरवाजा खोला और अजनबियों की तरह मुझे देखने लगीं, पर जैसे ही मैं मुस्कुराया उनकी आँखें

चमक उठीं और उन्होंने मुझे पहचानते हुए कहा, "अरे..., ननकू बाबू तुम! यहाँ? वो भी अचानक, पर कैसे?"

मैंने मुस्कुराते हुए जो पहले से तय कर रखा था बस वो दोहरा दिया, "दीदी, एक दोस्त के साथ यहाँ एक शादी में आया था तो बस सोचा आप से, अंकल से, आंटी से और (शर्माते हुए) प्रीति से मिल लूँ।" मेरा जवाब सुन उनके चेहरे पर आनी तो मुस्कान ही चाहिए थी क्योंकि आमतौर पर होता तो ऐसा ही है, पर उनकी आँखें एक दम से खाली हो गयीं और वो खामोश।

भाग: 11

एक पल खामोश सी खड़ी प्रिया दीदी को जब मैंने हँस कर कहा, "क्या, दीदी, अंदर नहीं बुलाओगी क्या?" तो उन्होंने एक अजीब सी मुस्कान के साथ एक बगल होते हुए मुझे घर के अंदर बुलाया और बैठने को इशारा कर मेरे लिए पानी का ग्लास लेने बढ़ गयीं।

मैं बैठकर घर को निहार रहा था तब उन्होंने पानी का ग्लास मेरी ओर बढ़ाते हुए कहा, "बाबू, घर पर तो कोई नहीं है। मम्मी और पापा तो अपने एक ऑफिसर दोस्त की शादी की सालगिरह में गये हैं। मैं अकेली ही हूँ। तुम अगर रुकोगे, तो मम्मी-पापा से मुलाक़ात हो जायेगी।"

मैंने पानी का ग्लास खाली कर सामने मेज पर रखते हुए कहा, "और प्रीति कहाँ है, वो कहीं बगल में गयी है क्या?"

मेरे सवाल को सुन एकदम से प्रिया दीदी खड़ी हो गयीं और डबडबाई आँखों से मुझे देखने के बाद अपने हाथ मलने लगीं। वो कुछ कहना भी चाहती थीं और कुछ छुपाना भी। मगर, उनकी वो घबराई सी आँखें मेरी धड़कने बढ़ा रहीं थी। मुझे अचानक से गर्मी का अहसास होने लगा था और मन अशांत हो रहा था। मगर, मैं अपने होंठों पर कुछ ऐसा नहीं लाना चाहता था जो गलत या अशुभ हो।

कुछ मिनटों के लिए हमारे बीच बस खामोशी थी, यद्यपि मेरे मन में आशंकाओं का तूफान उठ चुका था और शायद उनके मन में भी कोई अंतर्द्वंद जारी था।

मगर, अचानक से उन्होंने मुझे 'ठहरो' कहा और रसोई की ओर बढ़ गयी। रसोई से वो घर के पिछवाड़े लगे हैंडपंप पर गयी और पानी चलाकर अपने चेहरे पर मारने लगी। मैं तकरीबन पाँच मिनट तक खड़ा रहा। जब वो लौटी तो उनके केश, चेहरा और कपड़े गीले थे। उन्होंने एक गहरी साँस ली और एक ही साँस में कह दिया कि प्रीति एक साल पहले डायरिया से गुज़र गयी।

उन्होंने तो किसी तरह हिम्मत जोड़ सच कह दिया था, पर मेरे लिए ये एक ऐसा सच था जिस पर मैं यकीन भी नहीं कर सकता था। मैं भीतर तक हिल गया और लड़खड़ा गया। मेरे लिए किसी ऐसे को खोना जो मन के एक हिस्से में गहराई से बसा हो पहली दफा था। मेरी आँखें कब छलकीं मुझे पता तक नहीं चला और मैंने डरते हुए कहा, "प्रिया दी, आप झूठ क्यों बोल रहीं हैं। प्रीति, आय मीन वो कैसे मर सकती है? वो तो आपसे भी छोटी थी। वो नहीं मर सकती। आप झूठ कह रही हैं ना? हैं ना?"

मेरे सवालों और आशंकाओं को सुन-समझ वो बिलख पड़ीं। सब्र का बाँध टूट गया था। उन्होंने मेरा हाथ पकड़ा और एक कमरे में ले गयीं, जहाँ दिवार पर प्रीति की तस्वीर टंगी थी, जिसपर एक सफेद फूलों का हार चढ़ा था। तस्वीर में भी प्रीति ने दो चोटियाँ कर रखी थी और मुस्कुरा रही थी। तस्वीर देख मेरी झूठी जिद्द टूट बिखर गयी और साथ में मैं भी बिखर गया। मैं वहीं कमरे के चौखट पर बैठ रोने लगा। पता नहीं क्यों, पर मैं सब भूल गया था, बस एक सवाल था जो मन के अंदर गूँज रहा था, "प्रीति कैसे मर सकती है, कैसे?"

प्रिया दी अब चुप हो चुकीं थी शायद, या फिर मन-ही-मन रो रहीं थी, पर उन्होंने मुझे छाती से लगा लिया था और चुप करा रहीं थी। चुप तो मैं भी होना चाहता था ताकि जल्दी-से-जल्दी हक़ीक़त से दूर जा सकूँ। मगर, आँसू थे कि थमने का नाम ही नहीं ले रहे थे। आँसू थमते भी कैसे, आखिर मैंने अपना पहला प्यार खोया था। मगर, मुझे वापस लौटना था। मुझे अपने दोस्त से मिल उसे सब बता माफी मांगनी थी और जल्द-से-जल्द मुजफ्फरपुर, अपने घर, लौटना था ताकि अपने तकिए में मुँह छुपा जी भर रो सकूँ।

आखिरकार मैंने तकरीबन आधे घण्टे बाद किसी तरह अपने आँसुओं पर काबू पाया और चेहरे को अच्छे से धो प्रिया दी से प्रीति के लिए सॉरी कह चल दिया। प्रिया दीदी ने चलते वक़्त मुझसे पूछा भी कि मैं फिर कब मिलूँगा, पर मेरे पास उनके इस सवाल का कोई जवाब नहीं था क्योंकि मैं दोबारा कभी लौटकर प्रीति की हार चढ़ी तस्वीर देखना नहीं चाहता था, पर मैंने कहा, "जब लालगंज आऊँगा तो कोशिश करूँगा।" और बिना पीछे देखे आगे बढ़ गया।

मैं किसी तरह विक्रम के बताए पते पर पहुँचा और एक झूठी मुस्कान के साथ उससे मिला। वो मुझे अलग तरह से देख रहा था, जैसे उसे मुझसे बहुत कुछ कहना हो। मगर, मैं प्रीति के विषय में कोई बात नहीं करना चाहता था, इसलिए मैंने उसके इशारों को कोई तूल नहीं दिया।

विक्रम के रिश्तेदार का घर मेहमानों से भरा पड़ा था और सब एक-दूसरे को जानते थे, इसलिए विक्रम को भी मुझसे कुछ भी पूछने में संकोच हो रहा था। उसे भय था कि कोई हमारी बातें ना सुन ले। इसलिए उसने धीमे से मेरे कंधे पर कंधा मारते हुए कहा, "अभी शादी के मजे लेते हैं, लौटते वक़्त गाड़ी में बात करेंगे।" और हँसकर मुझे खींचता हुआ उस ओर बढ़ गया जहाँ कोई पूजा चल रही थी।

मैं मन-ही-मन सोच रहा था कि भला मैं विक्रम को क्या बताऊँगा? आज मुझे एक बार फिर लग रहा था कि मेरी किस्मत ही खराब है क्योंकि मैंने फिर किसी को खो दिया था। मैं ऐसी जगह खड़ा था जहाँ खुशियों का बाजार लगा था, पर मैं कोशिश कर के भी खुशी का अहसास नहीं कर पा रहा था और दुःखी था।

भाग: 12

अगले दिन बारातियों को विदा करने के बाद रिश्तेदारों के भी लौटने का सिलसिला शुरू हो गया। मैं और विक्रम भी उसके दूर के रिश्तेदारों, यानी कि चाचा-चाची और भाइयों से विदा ले चल दिये।

मेरी तबीयत कुछ ठीक नहीं थी। मैं तब से ही सुलग अंदर-ही-अंदर राख हो रहा था, जब से प्रीति के घर से प्रीति के विषय में जान कर लौटा था। रास्ते में विक्रम मुझसे कुछ पूछ ता या मैं ही उसे कुछ बताता, उससे पहले ही मेरा बदन तपने लगा। मुझे बहुत तेज बुखार हो गया था, शायद। क्योंकि मैं बेहोश हो रहा था, मेरे लिए आँखें खोलकर रखना मुश्किल हो गया था।

जब विक्रम को मेरे बदन से निकलते ताप का अनुभव हुआ तो वो चौंक गया और धीमे से मुझे हिलाकर होश में रहने को बोल, मुझे अपनी ओर खींच मेरा सर अपने कंधे पर ले लिया। मुझे ज़रा भी होश नहीं था। मुझे ना सफ़र का अहसास हो रहा था और ना ही पास बैठे विक्रम की परेशानी का। मगर, ऐसे हालात में भी प्रीति का ख्याल दिल में अटका हुआ था।

दो से ढाई घंटे के सफ़र के बाद हम मुजफ्फरपुर में थे। विक्रम ने किसी तरह अकेले ही सब संभाला और मुझे रिक्शे पर बिठा घर की ओर ले चल पड़ा। मगर, मैं अभी भी सफ़र में ही था; प्रीति की यादों के सफ़र में।

विक्रम मुझे घर छोड़ चला गया और जाने से पहले माँ से कह गया कि मैं शायद रात से ही बिमार था क्योंकि मैं कल शाम से ही खामोश था। मगर, हमारी तो बात हुई ही नहीं थी कि मैं उसे अपनी खामोशी की वजह बता पाता।

माँ ने मुझे कमरे में लिटा दिया और मेरे लिए काढ़ा बनाने चली गयी। वो ऐसा वक़्त था जब लोग पहले घरेलू उपचार करते थे और बाद में डॉक्टर के पास जाते थे। माँ को अनुभव था कि मेरे लिए उसे क्या करना है क्योंकि मैं कोई पहली बार बिमार नहीं पड़ा था। माँ ने कई दफा मुझे घरेलू दवाओं के दम पर ही स्वस्थ किया था। मगर, इस बार मेरी बिमारी कोई बाहरी बैक्टीरियल समस्या नहीं थी

बल्कि मुझे तो शौक लगा था। मैं जानता था कि मुझे इतना चिड़चिड़ापन क्यों महसूस हो रहा है, पर मैं चाह कर भी किसी को अधिक देर अपने करीब बर्दाश्त नहीं कर पा रहा था। मुझे अकेले रहना था और दुःखी होना था, उसके लिए, जिसे मैं ठीक से पा तक ना सका था। प्रीति की यादों और दूर चले जाने का दर्द कुछ नहीं था उस सच के सामने जो मुझे लालगंज जाने के बाद पता चला था।

माँ ने मुझे काढ़ा पिलाया और मूंग दाल की खिचड़ी खिलाई। उसके बाद मुझे आराम करने को बोल मन ही मन ईश्वर से प्रार्थना बुदबुदाती कमरे से निकल गयी। माँ को जाते देख एक कसक हो रही थी, दिल कर रहा था उसे सब बता दूँ और कलेजे से चिपक फूट-फूट कर रोऊँ, जैसे प्रिया दीदी के कलेजे से चिपक रोया था। मगर, माँ को सच कहने की मुझ में हिम्मत नहीं थी और वैसे भी मैं माँ से लड़कर लालगंज गया था। आँखों के कोर से बार-बार गर्म आँसू रिस रहें थे जो गाल पर ठंडे हो पहुँच रहें थे। मैंने आँखों की कोर को पोछा और सोचने लगा कि क्या मेरा संताप उचित है? और सोचते-सोचते जाने कब आँख लगी पता नहीं, मैं सो गया।

अगले दिन जब आँख खुली तो बदन दर्द से टूट रहा था और बहुत खुजलाहट महसूस हो रही थी। माँ सामने माथे पर हाथ रख बैठी थी और पिता जी सामने खड़े मुस्कुरा रहें थे। मैंने गर्दन घुमाकर देखा तो मदन काका थोड़े परेशान से वैध जी के साथ खड़े थे।

वैध जी ने मेरे आँख खोलते ही कहा, "मन कैसा है, बेटा? अंदर बेचैनी तो महसूस नहीं हो रही ना? माता आयी है, खुजलाहट महसूस होगी, पर खुजलाना मत वरना जीवन भर के लिए निशान रह जायेंगे। माँ को दवा बता दी है, वो तुमको समय से दे देगी। तुम बस आराम करो और घबराना मत, दो-तीन दिनों में ठीक हो जाओगे।"

मैं मन-ही-मन सोच रहा था, इतनी खुजलाहट महसूस हो रही है और ये कह रहें हैं खुजलाना मत। बदन दर्द से टूट रहा है और ये कह रहे हैं आराम करो। ये वैध जी पागल हो गये हैं क्या?

मुझे तमाम हिदायतें देने के बाद वैध जी माँ से मुखातिब हो गये और उन्हें समझाते हुए कहा, "सादा और स्वच्छ भोजन ही देना है। माता हैं, इसलिए माँस, मछली या फिर लहसुन, प्याज तो भूल कर भी नहीं देना और इस कमरे में ज्यादा लोग हो

सके तो ना आयें-जायें और खास कर बच्चे तो बिल्कुल नहीं। बच्चों को एक-दूसरे से होने का भय रहता है।"

जवाब में माँ ने, "जी, वैध जी, समझ गयी," कहा और वैध जी मदन काका के साथ कमरे से निकल गये। पिता जी अभी भी मुस्कुरा रहे थे। जब मैंने उनकी ओर देखा तो उन्होंने अपनी मुस्कान को और बड़ी कर कहा, "आज़ादी मुबारक हो, साहबजादे।"

मगर, माँ का चेहरा उनकी बात सुन तमतमा गया।

मैं जानता था कि माँ की खामोशी और बेबसी बस एक युद्ध विराम है क्योंकि जैसे ही और जब भी मैं ठीक हो जाऊँगा तो मुझे बहुत कुछ सुनना तो पड़ेगा ही।

भाग : 13

वेरीसेल्ला अर्थात छोटी माता जिसे सामान्य भाषा में स्मॉल पॉक्स भी कहा जाता है, में शरीर पर छोटे-छोटे फोड़े हो जाते है। स्मॉल पॉक्स हो तो स्वच्छता का विशेष ध्यान रखना चाहिए इसलिए माँ भी मेरे कपड़ों, बिस्तर और कमरे की सफाई का विशेष ध्यान रख रही थी।

मुझे छोटी माता हुई थी और अगले दिन जब वैध जी मुझे देखने आये तो उन्होंने बताया कि विक्रम को भी छोटी माता निकल आयी है। एक तो मुझे पहले ही समझ नहीं आ रहा था कि अगर मुझे प्रीति के गुज़र जाने का सदमा लगा था तो माता कैसे निकल आयी? ऊपर से वैध जी ने विक्रम को भी माता निकल आयी है बता कर और कन्फ्यूज कर दिया। मैं सोच रहा था कि भला उसे किस बात का सदमा पहुँच गया।

आप मेरी कहानी पर हँस रहे होंगे! पर सच कहूँ तो प्रीति के लिए मेरी भावनाएँ सच्ची थीं। ये बात अलग है कि उस वक़्त मुझे जो माता निकली थी, उसके होने की असली वजह मैं आज तक समझ नहीं पाया।

माता निकलने के कारण मेरा घर से निकलना बंद हो गया था। मैं या तो अपने कमरे में लेटे-लेटे कुछ-कुछ सोचता रहता था या फिर सोया। कभी कोई किताब घंटे-आधे घंटे पढ़ लेता या फिर रेडियो सुन लेता। तब वक़्त बिताने के लिए आज की तरह बहुत से साधन नहीं थे। गुड़िया दीदी एक दिन मिलने आयी और एक घंटे बैठ चली गयी। घर में मुझे छोड़ सब व्यस्त रह रहे थे। मेरी वजह से पहले ही माँ का काम बढ़ गया था, ऐसे में वो भला मेरे पास कैसे बैठती? मदन काका रोज नीम के पत्ते लेकर आते थे और फिर घर के बाकी काम निपटाने में लग जाते थे। माँ पानी गर्म करती और फिर उसमें नीम के पत्ते डाल मुझे उससे नहलाती। यूँ तो दो से तीन दिन ही हुए थे, पर लग रहा था जैसे पंद्रह दिनों से बिस्तर पर पड़ा हूँ।

एक दिन दोपहर में सोकर शाम चार बजे जगा, तो एक अपरिचित चेहरे को अपने सामने देख चौंक गया। मुझे तो लगा कि मैं अभी भी कोई सपना ही देख

रहा हूँ। मगर, वो जो भी थी, मुझे देख मुस्कुरा रही थी। मुझे जागते देख उसने अपनी मीठी सी आवाज में माँ को आवाज देते हुए कहा, "चाची जी ललित जाग गया।" और फिर एकटक मुझे देखने लगी।

मैं अभी भी हैरान था। हाँ, मैं इतना समझ गया था कि मैं कोई ख़्वाब नहीं देख रहा। मैं अपनी यादाश्त पर जोर दे उसे पहचानने की कोशिश कर रहा था। मगर, चाहकर भी मुझे कुछ याद नहीं आ रहा था। तभी माँ मुस्कुराते हुए आयी और मुझसे कहा, "कुछ खायेगा?"

मैंने हैरानी में ही माँ के प्रश्न का उत्तर दिया और कहा, "नहीं। बस प्यास लगी है, थोड़ा पानी दे दो।"

माँ ने ठीक है कहा और पास ही मेज पर रखे घड़े से पानी निकाल मेरी ओर बढ़ाते हुए कहा, "इसे इतनी हैरानी से क्यों देख रहा है? अरे, तू इसे नहीं जानता तो फिर पहचानेगा कैसे? ये मैनेजर साहब की बेटी है, ज्योति। वो शर्मा अंकल के घर के पीछे नीम का पेड़ है ना? रोज उसी से मदन डालियाँ तोड़कर ला रहा था। मगर, सब नीची डालियाँ खत्म हो गयीं तो मदन ने तेरे पापा से कहा और तेरे पापा ने अपने दोस्त मैनेजर साहब से और मैनेजर साहब ने ज्योति से। बस, इसलिए ज्योति आज डालियाँ तोड़कर ले आयी। ये तुझे अच्छे से जानती है क्योंकि तेरी ही कक्षा में है। बस एक तू ही है जो बैल की तरह घर से स्कूल और स्कूल से सीधा घर आता-जाता है और अपने आसपास ध्यान ही नहीं देता।"

माँ ने अपनी बात खत्म करते हुए कहा, "मैं कुछ काम निपटाने जा रही हूँ, तब तक तू ज्योति से बात कर और हो सके तो छूटा हुआ पाठ-वाठ पूछ ले।"

मैं अभी भी स्तब्ध ज्योति को देख रहा था। ज्योति खूबसूरत थी, पर मेरा दिल अभी-अभी टूटा था और इतनी जल्दी फिसलने वाला नहीं था। मगर, ज्योति की आँखों में कुछ अलग से इशारे थे। उसने मुझसे बात की शुरुआत करते हुए कहा, "ललित, तुम इतना शरमाते क्यों हो? कुछ पूछना नहीं है तो कुछ कह ही दो, ऐसे मुझे एक टक देखे जा रहे हो, पहले तो कभी ऐसे नहीं देखा?"

मैं घबरा गया और अपनी नज़रें चुराने लगा। मैंने नज़रें चुराते हुए कहा, "नहीं, ऐसी बात नहीं है। मैं थोड़ा हैरान हूँ और बस इसीलिए मेरी नज़रें तुम्हारे चेहरे पर... तुम तो समझ रही हो ना कि मैं क्या कहना चाह रहा हूँ। खैर छोड़ो और

बताओ कि तुम क्या कहना चाहती हो? मुझे लगता है कि तुम बहुत कुछ कहना चाहती हो।"

मेरी बात सुन ज्योति मुस्कुराई और बोली, "बिल्कुल सही समझा तुमने। मैं दरअसल तुमसे कुछ कहना नहीं बल्कि पूछना चाहती हूँ।"

मैंने जैसे ही 'क्या' कहा, उसने बिना एक पल गँवाए ही कहा, "मुझसे दोस्ती करोगे?" और मेरा हाथ पकड़ लिया।

मैं चाहता तो ना या हाँ कुछ भी कह सकता था, मगर मैंने उससे दोस्ती के लिए हाँ कर दी क्योंकि एक तो वो लड़की थी और ऊपर से उसने मेरे साथ अच्छी शुरूआत की थी। एक लड़की से दोस्ती करने का बस एक ही मकसद होता है और वो है अपने इमेज को मजबूत दिखाना। स्कूल में जब आपकी एक लड़की दोस्त होती है तो शिक्षक और शिक्षिकाओं की दृष्टि में भी आप एक समझदार लड़के बने रहते हैं और अन्य लड़कियाँ भी आपको छोटा या बड़ा भाई मान लेती हैं। बस इसी वज़ह से मैंने मुस्कुराकर ज्योति की दोस्ती स्वीकार ली थी।

भाग: 14

आपलोग फिर मुस्कुरा रहे होंगे और सोच रहे होंगे कि मैंने लड़कियों से दोस्ती की कितनी बेतुकी वजह दी है। लेकिन सच कहूँ तो मैंने ज्योति से दोस्ती के लिए जो वजह दी है, मेरी तो नीजी वजह वही थी।

मैं पढ़ाई में ठीक था और इस कारण मेरे बहुत सारे दोस्त थे, जिनमें कुछ तो सीधे सादे थे पर कुछ थोड़े टेढ़े भी थे। उन टेढ़े दोस्तों के कारण लड़कियाँ मुझसे बात नहीं करती थीं। अब आप ही बताईये मेरी उम्र में भला किसे लड़कियों से दोस्ती करने की इच्छा नहीं होगी। मैं स्कूल में अपनी एक छवि बनाकर रहता था। इस कारण लड़कियाँ अकेले में मुझसे पढ़ाई के विषय में पूछ तो लेती थी, पर दोस्ती...! नहीं, कभी किसी लड़की ने सामने से ज्योति की तरह दोस्ती का प्रस्ताव नहीं रखा। मगर मैं भी क्या करता, लड़कियों से दोस्ती के लिए अपने दोस्तों को तो नहीं छोड़ सकता था? इसलिए कभी उस बात को इतनी तरजीह नहीं दी। मगर, आज जब ज्योति ने सामने से कहा तो मना करने का कोई सवाल ही नहीं था।

ज्योति से दोस्ती के बाद मन को अच्छा लग रहा था। ज्योति ने गुड़िया दीदी के कम आने और प्रीति की कमी को थोड़ा भर दिया था। वो रोज आने लगी थी। दो दिनों बाद मैं ठीक हो गया, माता के फोड़े अब गायब हो चुके थे, पर शरीर में कमजोरी थी। मैं अब भी विद्यालय आने-जाने के हालत में नहीं था। इसलिए ज्योति रोज शाम को आ जाती और विद्यालय का काम बता जाती। ठीक होते ही, शाम को तिवारी सर भी आने लगे थे।

तिवारी सर की गाँव में अच्छी पैठ थी और इस कारण सभी उन्हीं से अपने बच्चों को पढ़वाना चाहते थे। सर की सबसे बड़ी खासियत उनके हावभाव थे, जिनसे हर बच्चे को बुखार आता था। वैसे गाँव में एक चमन सर भी थे, पर वे घर-घर जाकर नहीं बल्कि बच्चों को अपने घर बुलाकर पढ़ाते थे।

ज्योति ने भी तिवारी सर से ही ट्यूशन लेना शुरू कर दिया था और मेरे घर ही आ जाया करती थी। माँ को जाने क्यों, पर गुड़िया दीदी के अलावा सभी लड़कियों के पढ़ने से कोई आपत्ति नहीं थी। शायद इसका एक कारण गुड़िया दीदी का होशियार होना भी था। माँ को शायद भय होता था कि कहीं गुड़िया दीदी मुझसे या भैया से पढ़ाई में आगे ना निकल जाये। खैर जो भी कारण रहा हो, पर अब ज्योति के शाम के कुछ घंटे हमारे घर पर ही बीतते थे।

जब मैं पूरी तरह स्वस्थ हो गया तो विक्रम के साथ विद्यालय जाने लगा। मगर, अब विद्यालय में परिस्थितियाँ काफी बदल गयीं थी। मेरे अकेले के एक लड़की से दोस्ती करने के कारण विद्यालय के लड़कों के व्यवहार में काफी परिवर्तन आ गया था क्योंकि ज्योति के कारण अब सभी लड़कियाँ मुझसे बात करने लगी थीं और वो भी कभी भी और किसी के सामने भी। ज्योति तो तब भी मुझे खींचकर ले जाती जब मैं अपने दोस्तों के साथ होता।

सभी लड़कों को जितना समझ आया उस हिसाब से सबने कुछ हद तक बदमाशियों का त्याग कर मेरे जैसा व्यवहार करना शुरू कर दिया। स्कूल का माहौल बदलने लगा था। तमाम शिक्षकों के लिए ये एक अच्छी शुरुआत थी क्योंकि को एजुकेशन का सही रूप अब चरितार्थ हो रहा था।

मगर, कुछ प्रॉब्लम चाईल्ड होते हैं जो कभी नहीं बदलते। उन प्रॉब्लम चाईल्ड टाईप लड़कों और लड़कियों के व्यवहार में व्यवस्था के अनुरूप कोई परिवर्तन नहीं आया।

दोस्ती सच में अनोखी चीज होती है। हम अपने दोस्त को अपनी हर निजी बात बता देते है, पर ऐसा केवल कच्ची उम्र और मासूम मन के रहने तक ही होता है। जैसे-जैसे हम बड़े होते हैं, दुनियादारी के रंग में रंग जाते हैं।

ज्योति की दोस्ती में मैं सब भूल चुका था, अपनी पीड़ा तक। मैं प्रीति के बारे में तब ही सोचता था, जब ज्योति मुझसे दूर होती या फिर ज्योति की कोई बात जो प्रीति की स्मृतियों से मिलती-जुलती होती तब। मैं अब अपना सारा वक़्त या तो पढ़ाई में या फिर ज्योति के साथ बिताने लगा था। माँ को भी कोई आपत्ति नहीं थी। मैं और ज्योति घंटों मेरे कमरे में बैठे बातें करते या फिर पढ़ाई।

शायद ज्योति की ओर मेरा झुकाव मेरे मन की जरूरत थी, प्रीति के यादों को अनदेखा करने और दर्द को नज़रंदाज़ करने के लिये। मगर, ये बात मुझे तब

महसूस होती जब मैं प्रीति को पूरे दिन में एक बार भी याद ना करता और गिल्ट का अहसास करता।

गुड़िया दीदी तो अब कॉलेज जाने लगी थी और उसे हम बच्चों के साथ वक़्त बिताने का दिल ही नहीं करता था। वो अपने कॉलेज की सहेलियों के घर जाया करती और वहीं पढ़ाई तथा गपशप किया करती। वैसे भी माँ ने जबसे उनकी शादी की बात की थी तब से उन्होंने हमारे घर से दूरी बना ली थी। बचपन से ही उन्हें माँ का व्यवहार अपने प्रति सही नहीं लगता था। माँ जहाँ मुझे और भैया को पढ़ाई के लिए कहती वहीं उन्हें घर के काम सीखने को। ऊपर से माँ के कहने पर ही मामा जी ने उनका दाखिला सरकारी स्कूल में करवाया था। वो भी भैया की तरह बाहर जाकर पढ़ना चाहतीं थी। मगर, मामा जी के मन में बार-बार माँ के दोहराने के कारण धारणा बैठ गयी थी कि, "बेटियों को पराये घर जाना है, अधिक पढ़ लेंगी तो शायद बराबरी का लड़का भी ना मिले"। इन्हीं सब कारणों से घर से दूर होते-होते गुड़िया दीदी मुझसे भी दूर हो गयी थी। अब अपने मन कि बातें बाँटने के लिए मेरे पास केवल ज्योति ही थी।

भाग: 15

वक़्त के साथ बहुत कुछ बदल रहा था। मैं बदल रहा था, ज्योति बदल रही थी और हमारी भावनाएँ भी बदल रहीं थी। देखते-देखते ही छः महीने गुज़र गयें। लेकिन इन छः महीनों में ना कभी मेरे घर वालों को और ना ज्योति के घर वालों को, हमारे दर्मियां कोई नया रिश्ता पनपता दिखा और ना कुछ बदलता। मगर, हम दोनों जो अहसास कर रहे थे वो हम ही जानते थे।

मुझे आजकल ज्योति कुछ ज्यादा ही खूबसूरत लगने लगी थी और मैं उसके आसपास होने पर नज़रें चुराकर उसे निहारने लगा था। उसके हल्के भूरे और काले बाल, जिन्हें कभी वो बाँध कर रखती थी तो कभी खोलकर और कभी यूँ अलग तरीक़े से बाँधती कि एक लट उसके गाल को चूमती रहती। उसके होंठ कुछ ज्यादा ही चंचल हो गये थे, जो बात तो कम करते थे मगर मचलते ज्यादा थे। उसके गालों पर मुस्कुराने भर से ही गड्ढे बनते थे और उसकी आँखें बड़ी हो जाती थीं। मैंने बीते छः महीनों में उसे कभी इतने गौर से नहीं देखा था। उसकी कत्थई आँखें, पूरे गाँव में वैसी कत्थई आँखें किसी की नहीं थीं। वो आँखें मुझे बाँध लेती थी और मैं बस उनको देखता रह जाता था। मगर, मैं मेरी भावनाओं को भला क्या नाम देता? मुझे पता ही नहीं था कि मुझे ऐसा अहसास क्यों हो रहा है क्योंकि ज्योति को मैं दिल से अपनी बस एक दोस्त ही मानता था।

इधर ज्योति के भी चलने, मुझे देखने और मुझसे बात करने का तरीक़ा काफी बदल गया था। वो जाने पहले दिन से ही वैसा ही व्यवहार कर रही थी या मैंने अब महसूस किया था, मैं इससे वाकिफ नहीं था। पर कुछ तो हो रहा था, मुझे भी और ज्योति को भी।

अब हमारे दर्मियां औपचारिकता जैसा कुछ नहीं रह गया था। हम एक ही कमरे में घंटों रहते, पढ़ते, खेलते और बातें करतें। कभी-कभी पढ़ते-पढ़ते हमारी आँख भी लग जाया करती और माँ के आवाज देने पर ज्योति जागती और कहती, "छि... मैं भी ना! प्लीज़, चाची को मत कहना कि मेरी आँख लग गयी थी।" और मैं हँस देता।

मगर, आजकल जब भी हम साथ होते मुझे बड़ा खुशनुमा सा अहसास होता था। जब कभी ज्योति की आँख लग जाती तो मैं उसे सोने देता और एकटक देखता रहता। माँ के आवाज देने और उसके जागने पर मैं भी जागने का स्वांग करता ताकि पकड़ा ना जाऊँ। कभी हम कहीं साथ जाते तो जानबूझकर ज्योति का हाथ पकड़ लेता और वो चौंकती भी नहीं थी। इन सब के बावजूद मैं प्रीति को कभी नहीं भूला था और शायद इसीलिए ज्योति के लिए मेरी भावनाएँ चाहे जैसी भी थी, पर प्यार नहीं हो सकती थी।

विज्ञान में इसे विपरीत लिंग के लिए आकर्षण और शरीर में होने वाले रासायनिक परिवर्तन कहा जाता है। इसलिए मैंने इसे यही मान लिया था और मैं कुछ ऐसा नहीं करना चाहता था जिससे हमारी दोस्ती का अंत हो जाये। बामुश्किल एक रिश्ता कमाया था और मैं अपने इस खूबसूरत रिश्ते को गंवाना नहीं चाहता था।

एक महीने तक सब ठीक ही चल रहा था। मगर, एक दिन जब पढ़ते-पढ़ते ज्योति की आँख लग गयी और मैं जाग ही रहा था, तो मैं वापस से ज्योति को निहारने लगा। उस दिन ज्योति ने बाल नहीं बाँधे थे। वो काले कपड़ों में बला की खूबसूरत लगती थी और उस दिन उसने काले रंग की ही कुर्ती और सफेद सलवार पहनी थी। मैं उसे एकटक निहार रहा था। उसके गुलाबी होंठ, उसकी नुकिली ठोड़ी और गोरे गाल, सब बहुत खूबसूरत दिख रहे थे।

मैंने देखा ज्योति के माथे पर पसीने की बूंदें उभर आयी थी। गर्मी अपने अंतिम पड़ाव पर थी पर कभी-कभी महसूस हो ही जाती थी। मेरा भी गला सूख रहा था और हल्की गर्मी लग रही थी। मैंने तमाम कॉपी-किताब समेट कर एक ओर रख दिये। उठकर मेज पर रखे जग से एक ग्लास पानी निकाल पिया और पंखे का स्वीच दबा वापस बिस्तर पर बैठ गया।

मैं थोड़ी देर और ज्योति को वैसे ही शांत और सौम्य देखना चाहता था। मगर, पंखे ने जैसे ही गति पकड़ी हवा के झोंके से ज्योति के बाल उड़कर उसके चेहरे पर आ गये। मैं दो पल तो रुका रहा कि हवा के झोंके से बाल वापस चेहरे से हट जायेंगे, मगर वैसा हुआ नहीं। अब ज्योति का चेहरा बालों से पूरी तरह ढक गया था और मैं उसे ठीक से देख नहीं पा रहा था। इसलिए मैंने ना चाहते हुए भी आगे बढ़कर ज्योति के बाल उसके चेहरे से हटा दिये।

मगर जैसे ही मैंने ज्योति के चेहरे से उसके बाल हटाये, उसने एकदम से आँखें खोल मेरा हाथ पकड़ लिया। मैं सकपका गया क्योंकि मैं पकड़ा गया था, पर वो

मुस्कुरा रही थी। मैंने हाथ छुड़ाने की कोशिश की तो उसने मेरे हाथ को झटके से खींचा और मैं उसके ऊपर गिर पड़ा।

उसने मेरे नीचे दबे-दबे ही अपने होंठ मेरे कानों के पास ला कर कहा, "तुम मुझे हमेशा यूँही देखते हो ना? मैं सब जानती हूँ क्योंकि आज पाँचवा दिन है जब मैं नींद आने का नाटक कर रही थी। आखिरकार आज तुम पकड़े ही गये।"

भाग: 16

पकड़ा तो मैं गया ही था, पर ज्योति भी अपना सच कह पकड़ी गयी थी। अब मैं भी जान रहा था कि मुझे ज्योति के व्यवहार में जो परिवर्तन नज़र आ रहें थे वे शुरू से नहीं थे। खैर, जो भी। लेकिन ज्योति मेरे मन को समझ चुकी थी। समझ जो ना सका था तो वो मैं था क्योंकि मैं अभी भी अंदर-ही-अंदर एक दुविधा, एक उधेड़बुन महसूस कर रहा था।

मैंने ज्योति के ऊपर से हटने की कोशिश करते हुए कहा, "ज्योति, मैं तो पहले ही तुम्हें प्रीति के बारे में सब सच बता चुका हूँ, अब भला मैं तुम्हारे बारे में उस तरह कैसे सोच सकता हूँ? तुम मेरी बेस्टेस्ट फ्रेंड हो, लेकिन प्यार! मैं इसके बारे में अभी भी श्योर नहीं हूँ।"

मगर, ज्योति पर मेरी बातों का कोई असर नहीं हो रहा था क्योंकि उसने मुझे खुदपर से हटने ही नहीं दिया बल्कि कमर से पकड़ कर रोके रखा। हम इतने करीब थे कि मैं उसके जिस्म की गर्माहट और खुशबू को महसूस कर सकता था। उसकी गर्म साँसें मेरे चेहरे को छू रहीं थी। उसने मेरी बात खत्म होते ही थोड़ा उठकर गाल पर चूम लिया। ये मेरी जिंदगी का पहला चुम्बन था। अचानक मिले चुम्बन ने मन के और तन के सारे तार झंकार दिये थे। दिल तो किया की मैं भी उसे चूम लूँ, पर मैं ठहरा रहा।

मुझे चूमने के बाद ज्योति ने अपनी आँखें गोल-गोल नचाते हुए मुझसे कहा, "सच-सच बताओ, ललित, क्या मैं खूबसूरत नहीं हूँ? क्या मैं तुम्हें आकर्षक नहीं लगती? क्या तुम जिंदगी भर प्रीति के विषय में ही सोचते रहोगे, कभी जीवन में आगे नहीं बढ़ोगे? अगर, तुम जीवन में आगे बढ़ोगे तो फिर मेरे साथ में क्या समस्या है? हम एक-दूसरे को बस जानते ही नहीं बल्कि समझते भी हैं? मैं तो तुम्हें पहले दिन से ही पसंद करती हूँ और बहुत प्यार भी करती हूँ।" अपनी बात खत्म कर इस बार ज्योति ने मेरे होंठों पर अपने होंठ रख दियें।

इस बार मैं सकपका कर झटके से खड़ा हो गया। दिमाग़ झन्ना गया था। वो नर्म और गर्म होंठों का अपने होंठों पर अहसास और उस अहसास के विषय में मन में बनी सभी धारणाओं का एकदम से उत्कंठित हो जाना, सब बेहद सनसनीखेज था। मैंने खड़े होते ही कहा, "पर, ज्योति, अभी हम बस दसवीं में हैं। हम इतने बड़े नहीं कि कोई फैसला ले सकें। जब तक मैं कुछ बन ना जाऊँ, मैं इस विषय में सोच भी नहीं सकता। अब तुम ही बताओ जब मैं स्वयं ही हम दोनों के विषय में ऐसा सोचने के लिए परिपक्व नहीं हूँ तो फिर तुम्हारे पिता जी कैसे तैयार होंगे? वो तो एक बैंक मैनेजर हैं, उनकी तो अपनी कई अपेक्षाएं होंगी और मैं क्या हूँ, उनकी अपेक्षाओं जैसा तो शायद बिल्कुल भी नहीं।"

मगर, ज्योति पर तो प्यार का भूत सवार था और ऐसे में उसे मेरी बात खाक पल्ले पड़ती। मेरी बातें सुन वो हँस पड़ी और उसने मेरा कॉलर पकड़ अपनी ओर खींच कहा, "तुम सच में पागल हो। अरे, बुद्धू, मैं कौन सा तुम्हें अभी मुझसे शादी करने को कह रहीं हूँ। अभी तो इन बातों के लिए बहुत वक़्त है। वैसे भी तुम कहीं से कोई कम-वम नहीं। तुम्हारे पास अपना घर है, पढ़ रहे हो और ऊपर से इतना बड़ा व्यापार है। तुम्हें नौकरी के विषय में सोचने की जरूरत ही क्या क्योंकि तुम तो खुद दस लोगों को नौकरी देते हो। हम एक-दूसरे को पसंद करें और प्यार करें, अभी बस इतना ही काफी है। वैसे, मुझे भी अभी पढ़ाई करनी है। इसलिए हम इस विषय में किसी से बात नहीं करेंगे और जो जैसे चल रहा है, चलने देंगें।"

ज्योति की बातें सुन मेरे कान गर्म हो रहें थे। मैंने एक गहरी साँस ली और फिर कहा, "ज्योति, तुम इतनी साहसी कैसे हो? मैं तो इतने दूर की सोच भी नहीं सकता।"

वो मुस्कुरायी और बोली, "ये सब शहर और गाँव का अंतर भर है। मैं यहाँ आने से पहले बड़े शहर में थी और वहाँ बच्चे जो कुछ भी करते हैं, पूर्ण आत्मविश्वास से करते हैं। मगर, मैंने देखा है कि छोटे शहरों और गाँवों में माँ-बाप अथवा शिक्षक के कम भरोसे के कारण बच्चों में आत्मविश्वास की गहरी कमी रह जाती है। थोड़ी तुममें भी है और इसीलिए तुम अपने दिल की बात जुबान पर लाने में हिचक रहे हो।"

ज्योति सही थी क्योंकि मैंने अपने छोटे से जीवन में केवल एक बार जिद्द की थी और वो भी छः से सात महीने पहले लालगंज जाने के लिए। वरना मुझ में और भैया में कभी माँ का विरोध करने की हिम्मत नहीं हुई। मैंने ज्योति की बातों पर गौर करने के बाद उससे कहा, "ज्योति, मैं तुम्हें सब साफ-साफ और सच-सच

बता दूँगा, पर इससे पहले मुझे स्वयं को सच स्वीकारने के लायक बनाना होगा और इसलिए मैं तुमसे बस एक हफ्ते, अर्थात केवल सात दिनों की मोहलत चाहता हूँ। आठवें दिन मैं तुम्हारे पूछने से पहले तुम्हें सब बता दूँगा।"

मेरी बात सुन ज्योति एकदम से गंभीर हो गयी और दो पल एकदम खामोश रही। उसके बाद उसने कहा, "ठीक है, मैं तुम्हें एक हफ्ते का मोहलत देती हूँ।" और फिर घड़ी देख चौंक कर कहा, "बाप रे, पौने आठ हो गये। अगर पाँच मिनट में घर ना पहुँची तो माँ बहुत नाराज हो जायेगी।"

भाग: 17

ज्योति ने जाने से पहले मेरे एकदम करीब आ कहा, "माना कि मैंने तुम्हें एक हफ्ते का वक़्त दिया है, पर मैं तो तुम्हें प्यार करती हूँ और इसलिए तुम मुझे मेरा प्यार जाहिर करने से रोक नहीं सकते।" इतना कह उसने मेरे गाल पर चूमते हुए 'गुडनाईट' कहा और मुस्कुराती हुई कमरे से निकल गयी।

मैंने देखा कि जैसे ही उसने पर्दा उठाया, पर्दे के पीछे गुड़िया दीदी खड़ी थी। गुड़िया दीदी को देख मेरा कलेजा धक्क से हो गया क्योंकि शायद वो वहाँ काफी देर से खड़ी थीं। मैं सोच में पड़ गया कि अगर गुड़िया दीदी ने ज्योति और मेरी सारी बातें सुन ली होंगी तो? मेरी हथेलियों से पसीना आने लगा था, पैर कांप रहें थे और मैंने लड़खड़ाती जुबान में कहा, "गुड़िया दी, आप यहाँ, इस वक़्त?"

मगर, गुड़िया दीदी ने मेरे सवाल का कोई जवाब नहीं दिया और कमरे में समाते ही दरवाजा बंद कर दिया। उन्होंने दरवाजा बंद कर मेरी तरफ देखा और कहा, "माँ ने दही मांगने भेजा था तो आयी थी। सोचा तुझसे मिल लूँ क्योंकि मुझे याद नहीं कि बीते छ:-सात महीनों में हम मिले हो। तुम और ज्योति कुछ ज्यादा ही करीब आ गये हो, लगता है? क्या चल रहा है, सच-सच बता।"

गुड़िया दीदी के सवाल को सुन मैं असमंजस में पड़ गया। मुझे कुछ समझ नहीं आ रहा था कि क्या करूँ? अगर गुड़िया दीदी ने कुछ नहीं सुना था और तुक्का लगा रही थी तो सच स्वीकार करते ही मेरा राज़ राज़ नहीं रहता। परंतु एक संभावना यह भी थी कि गुड़िया दीदी ने कुछ तो सुना ही था शायद और अब मुझसे, मेरे मुँह से सब स्वीकार करवाना चाहती थी। मैं घोर समस्या में था। एक तरफ मेरी उम्र में ऐसी बात होना, मेरे खानदान के लिए बदनामी का सबब बन सकती थी। लेकिन दूसरी तरफ ज्योति के व्यवहार से स्पष्ट था कि वो पीछे नहीं हटने वाली थी। ऐसे में मैं किसी भी निर्णय तक पहुँचने में सक्षम नहीं था। सारे बिंदुओं पर खतरा होने के बावजूद मुझे एक निर्णय तो लेना ही था। अंततः मैंने गुड़िया दीदी पर भरोसा करना ही ठीक समझ कहा, "मैं सब बता दूँगा, पर पहले तुम वचन दो कि ये बात हम दोनों के दर्मियां ही रहेगी।"

गुड़िया दीदी ने एक पल "हूं..." किया और फिर कहा, "ठीक है, किसी से नहीं कहूँगी।"

गुड़िया दी के वचन देते ही मैंने अपनी लालगंज यात्रा, प्रीति और बीते छः महीनों में जो भी हुआ सब तथा आज उनके आने से पहले जो हुआ सब उन्हें बता दिया।"

मेरी बातें तो गुड़िया दीदी ने किसी गॉसिप, किसी फिल्मी किस्से की तरह बड़े मजे से सुनीं और फिर नाक चढ़ाकर कहा, "ये ज्योति तो कुछ ज्यादा ही तेज है! मगर, सच कहूँ तो तेरी माँ, यानी कि बुआ का दिमाग़ ठिकाने लगाने के लिए ज्योति ही ठीक है। वैसे चुंकि मैंने तुझे वचन दिया है तो मैं यह बात किसी से नहीं कहूँगी लेकिन अगर किसी को कोई शक हुआ और किसी ने मुझसे पूछा तो मैं सच बता दूँगी क्योंकि मुझे सबसे ज्यादा खुद की जान प्यारी है।"

गुड़िया दीदी की प्रतिक्रिया ने मुझे हैरान कर दिया था क्योंकि आज गुड़िया दीदी मेरे वाली सीधी-सादी और प्यारी गुड़िया दीदी जैसी नहीं लग रही थी। मगर, मैं एक तरफ संतुष्ट हो सकता था कि गुड़िया दीदी ने वचन दिया है और वो किसी से कुछ नहीं कहेंगी। मगर, मन भयभीत भी था कि मेरा ये राज़-ए-इश्क़ किसी और पर जाहिर ना हो जाये क्योंकि अगर एक चिंगारी भी उठी तो गुड़िया दीदी उसे हवा दे देंगी।

मेरा राज़ जानने के बाद गुड़िया दीदी ने कमरे का दरवाजा खोला और जाते हुए घूम कर कहा, "सब ठीक है, पर दोस्तों के बीच शेखी मत बघारना।" जाते हुए गुड़िया दीदी ने जो हिदायत दी थी वो बिल्कुल सही थी क्योंकि हम नौजवान लड़कों को बढ़ा-चढ़ाकर बातें करने और कहने का फितूर सवार रहता है।

फितूर तो आजकल विक्रम को सवार हो गया था; सिनेमा देखने का फितूर। हर शुक्रवार वो स्कूल नहीं आता और फिल्म देखने चला जाता। शहर में कई सिनेमाघर हैं। अब तो मल्टीप्लेक्स का जमाना आ गया है लेकिन उस वक़्त सिनेमाघरों में जबरदस्त भीड़ पड़ा करती थी। सिनेमा की टिकट इतनी महंगी भी नहीं थी। विक्रम हफ्ते भर जेबखर्च बचाता और शुक्रवार को सिनेमा के टिकट और मध्यांतर में नाश्ते पर खर्च देता था।

मैं देख रहा था कि विक्रम के चलने, बात करने और कपड़े पहनने का तरीक़ा काफी बदल गया था और यह सिलसिला ऐसा था कि हर शुक्रवार के बाद सोमवार को बदल जाया करता था।

विक्रम बदल रहा था। गुड़िया दीदी बदल गयी थी। मैं भी बदल रहा था। पता नहीं ये परिवर्तन आपरूपी था या फिर आत्म इच्छित। मैं परिस्थितियों के अनुरूप बदल रहा था और विक्रम परिस्थितियों को बदलने के लिए। मगर, गुड़िया दी क्यों बदल गयी? मेरे लिए एक रहस्य था।

गुड़िया दी को राज़दार बनाकर मैंने सही किया था कि गलत, मैं इस विषय पर ज्यादा देर नहीं सोच रहा था क्योंकि एक बात मुझे चिंता से मुक्त कर रही थी और वो थी गुड़िया दीदी का मेरी बहन होना।

भाग: 18

मेरा जीवन हर दिन एक नया मोड़ ले रहा था, खूबसूरत मोड़।

गुड़िया दीदी को मेरे और ज्योति के विषय में सब पता है, ये बात दो दिनों में ही आयी-गयी हो गयी क्योंकि दीदी का मेरे घर आना-जाना कम था; माँ को वो पसंद नहीं करती थी। ज्योति सरीखे की लड़की ही माँ को दबाव में रख सकेगी उसे ऐसा लग रहा था और वो कॉलेज में पढ़ती थी और हम अब भी स्कूल में थे। दूर-दूर तक कोई ऐसी संभावना नहीं थी कि गुड़िया दीदी से माँ को कुछ पता चले।

निश्चिंतता में मैंने भी दो दिनों में ही ज्योति का प्यार स्वीकार लिया। अब ललित और ज्योति हर वक़्त साथ रहते थे। विद्यालय में हम अच्छे छात्र थे, तो घर पर सहपाठी और अच्छे दोस्त। हमारा सच केवल तीन दिलों का राज़ था। हम खुश थे, बहुत खुश।

इन्सान अक्सर तब बहुत खुश रहता है, जब उसे आने वाली मुसीबतों या परिवर्तनों का अंदाजा नहीं होता। हमें भी किसी ऐसी संभावना का कोई अंदाजा नहीं था। हम अपनी ही धुन में जी रहें थे।

सुबह मैं जल्दी तैयार हो ज्योति के घर चला जाता और उसके घर में तकरीबन पंद्रह मिनट बैठा रहता। ज्योति मेरे सामने तैयार होती और मैं उसे संवरते देखता रहता। होंठों पर एक प्यारी सी मुस्कान चिपकाए मैं उसके घर के बैठके में ऐसी जगह बैठता जहाँ से आती-जाती ज्योति पर नज़र पड़ती रहे। वो मेरे सामने बाल बनाती, जूते-मोजे पहनती, आँखों में काजल लगाती और माथे पर एक छोटी सी मैरून बिंदी।

कभी-कभी ज्योति की मम्मी मुझे कहती कि बेटा एक तुम हो जो इतने पंक्चुअल हो और एक ये ज्योति जो कभी वक़्त पर तैयार नहीं रहती, बेकार में तुम्हें इंतज़ार करना पड़ता है। मैं मुस्कुराते हुए कहता, "कोई बात नहीं; ज्योति मेरी दोस्त है।"

कभी-कभी ज्योति के पापा बैठकर सवाल-जवाब करने लगते और मेरे जवाबों से खुश हो मुस्कुराकर कहते, "शाबाश, बहुत अच्छे। तुम आगे चलकर जरूर तरक्की करोगे।" वे जब खुश होते तो आंटी को कहते, "अरे लड़के को बैठाकर रखा है तो कुछ खाने-पीने को क्यों नहीं देती?" और फिर आंटी रूह अफ़ज़ा देकर मुझे खुश कर देती क्योंकि मीठा तो मेरी कमजोरी है।

अक्सर रास्ते में ज्योति मुझे छेड़ती और कहती, "क्या बात, अभी से सास-ससुर को पटा लिया है।"

मैं झेंप जाता और कहता, "अभी प्यार तो ठीक से हो जाये, शादी के लिए तो बहुत वक़्त है।" और हम साथ-साथ हँस पड़ते।

आज के वक़्त में जिस बात की कमी से शादी के रिश्ते नहीं टिकते, वो म्युचुअल अंडरस्टैंडिंग हमारे बीच उस वक़्त भी बेहतर थी। वो मुझे समझती थी और मैं उसे। वो मेरे फैसलों का सम्मान करती थी और मैं उसके। हमारे दोस्त अलग-अलग थे, पर हम एक-दूसरे के सभी दोस्तों की फितरत अच्छी तरह जानते थे। ना मेरा किसी लड़की से बात करना उसे बुरा लगता और ना उसका किसी लड़के से बात करना मुझे। हमारे दिल एक थे, राज़ एक थे और हम लगभग दो जिस्म एक जान थे।

हसीन वक़्त कब ज्यादा देर टिकता है। वक़्त आ गया जब हमें एक-दूसरे से दूरी बनानी पड़ी। हम दूर होकर भी एक थे और दिन में एकाध बार मिल भी लेते थे। हाँ, हमारी नींद कम हो गयी थी और इसकी वजह था बितता वक़्त। पता भी ना चला और दसवीं के दस महीने गुज़र गयें। अब मैट्रिक की वार्षिक परीक्षा सर पर थी और तिवारी सर भी हमारे सर पर सवार हो नाच रहें थे।

वार्षिक परीक्षा से पहले विद्यालय स्तर पर आकलन परीक्षा उतीर्ण करनी थी क्योंकि तब ही मैट्रिक कि परीक्षा में बैठ सकते थे। सारे हसीन ख़्वाब और नजारे जार-ज़ार हो गये और इतिहास, गणित, जीवविज्ञान, भूगोल ने प्यार, इश्क़, चाहत और मोहब्बत की जगह ले ली। तिवारी सर के उपदेश विद्यालय से लेकर घर तक सुनने पड़ रहें थे, "मन लगाकर पढ़ो, लिख-लिखकर याद करो, मैट्रिक की परीक्षा है कोई खेल नहीं। अब तक जो किया सब एक तरफ और मैट्रिक की परीक्षा एक तरफ, बस इतना समझ लो। अलग-अलग तैयारी करो और फिर आपस में बातचीत कर एक-दूसरे के स्तर की जाँच करो। खेल कम और पढ़ाई ज्यादा। अभी मेहनत कर ली तो पूरी जिंदगी आसान हो जायेगी।"

तिवारी सर की बातों से लग रहा था जैसे तृतीय विश्वयुद्ध कभी भी छिड़ सकता है और हमें उसके लिए तैयार होना है। मैट्रिक परीक्षा का हौआ ऐसा था कि हम भी बस किताबों में कूद डूब गयें थे। मिलने पर एक-दूसरे को देख मुस्कुराते, पर अगले ही क्षण बातों में गणित की समस्याएँ और रसायन शास्त्र के सुत्र आ जाते। इसके बावजूद हमें हमारे प्यार में होने का अहसास खुश रख रहा था। थोड़ा मुश्किल था, पर वक़्त वो भी लाजवाब था।

देखते-देखते ही दो महीने और गुज़र गये। आखिरकार हमने आकलन परीक्षा पास कर ली और मैट्रिक की परीक्षा में बैठने के लायक हो गये। तिवारी सर खुश थे क्योंकि उन्हें अपने सभी विद्यार्थियों से ज्यादा हम दो ऐसे विधार्थियों से उम्मीद थी जिनका अच्छा करना लगभग सुनिश्चित था।

इधर हम भी खुश थे क्योंकि हमारी तैयारी हो चुकी थी और अब हम फिर से आज़ाद थे।

भाग: 19

आज़ादी मिले तो जश्न मनाना तो बनता है। लगभग दो महीने लगातार मेहनत करने के बाद हमें आज़ादी मिली थी। आज़ादी खुलकर बातें करने की और खुलकर ठहाके लगाने की। हम आज़ाद थे क्योंकि अब तिवारी सर नाम की मुसीबत हमें छोड़ अपने बाकी विधार्थियों के पीछे पड़ चुकी थी।

आज़ादी का पहला दिन मैंने और ज्योति ने एक साथ बर्फ के गोले और आलू-पूरी खाकर मानाया। हम वर्ग में अगल-बगल वाली बेंच पर किनारे-किनारे बैठे ताकि अलग-अलग बेंच पर होकर भी पास-पास रहे। पूरा दिन हम एक-दूसरे को देख मुस्कुराते रहे। सबकी नज़र बचा एक-दूसरे का हाथ पकड़ा। हम पल-पल में आनंद ढूंढ ले रहे थे।

चुंकि ये हमारी आखरी कक्षा के आखरी कुछ दिन थे इसलिए मैंने बेंच पर ज्यामिति के कम्पास से मेरा और ज्योति का नाम भी उकेरा और मुस्कुराते हुए ज्योति को दिखाया। हम दोनों के नामों को एक साथ देख उसकी आँखें चौड़ी हो गयी थी और होंठों पर मुस्कान तैर गयी थी। वो खुश नज़र आ रही थी।

हमने शाम को घर पर मिल कर केवल बातें करने को तय किया था। मुझे बेसब्री से शाम के होने का इंतज़ार था और शायद ज्योति भी दो महीने बाद मिली आज़ादी का पहला दिन मेरे साथ बातें कर के ही बिताना चाहती थी।

हम जानते थे कि एक दिन तो कोई हमें कुछ नहीं कहने वाला, पर मेरी माँ और तिवारी सर दोनों बेसब्रे हैं और अगले ही दिन वापस से 'पढ़ो-पढ़ो' का राग छेड़ने वाले हैं। इसलिए हम आज़ादी का ये एक दिन गंवाना नहीं चाहते थे।

कुदरत भी हमारा साथ दे रही थी। जब मैं और ज्योति स्कूल से छुट्टी के बाद निकलें तो थोड़ी दूर बढ़ते ही बरसात शुरू हो गयी। हम दोनों में से किसी के पास छाता नहीं था। इसलिए हम जल्दी से एक मकान के छज्जे की तरफ लपके। मगर, हमसे पहले ही कुछ बच्चे और कुछ राहगीर उस छज्जे के नीचे पहुँच चुके थे। अतः हमें दूसरे छज्जे के नीचे खड़ा होना पड़ा, जो पहले से ही जर्जर था और

बामुश्किल बारिश की बुंदों को रोक पा रहा था। हम दोनों थोड़ा बचते और थोड़ा भींगते छज्जे के नीचे तब तक रुके रहे, जब तक बारिश ना रुक गयी। पानी की बूंदें ज्योति के गोरे चेहरे और गुलाबी होंठों पर छज्जे से छिटक गिर रहीं थी और फिर इकट्ठी हो एक धार बन फिसल कर नीचे ठुड्डी पर आकर टपक जा रहीं थी।

मैं एक टक कभी बादलों को तो कभी ज्योति को निहार रहा था। वो भी मुझे ही घूर रही थी। हम एक दूसरे को भींगते देख यूँ मुस्कुरा रहें थे जैसे पहली दफा बारिश देखी हो और पहली दफा किसी को भींगते। मगर, सच तो यह था कि यह बारिश बस बारिश नहीं थी बल्कि कुछ स्मृतियों को रचने और मन में बसाने का अवसर था, कुदरत की मेहरबानी थी और साथ-साथ यूँ भी वक़्त गुजारने का मौका था।

बारिश रुक गयी और हम वापस अपने घरों की ओर चल दिये। मगर, हमने एक-दूसरे से अलग होने से पहले एक-दूसरे को याद दिलाया कि आज हमें मेरे घर पर मिलना है और ढेरों बातें करनी है।

मैं घर पहुँचा तो माँ ने मुझे भींगा देख चिंता जताई और जल्दी से तौलिया ले सर पोंछने लगी। मैंने कपड़े बदले और अपने कमरे में बैठ पढ़ने का नाटक करने लगा। माँ ने कहा भी कि एक दिन आराम कर लूँ। मगर, मैं तो पढ़ने के बहाने ज्योति का इंतज़ार कर रहा था।

घड़ी की सुईयाँ भी बहुत धीरे चल रही थी। अभी साढ़े पाँच ही बजे थे और ज्योति हर रोज पौने पाँच बजे आया करती थी। पाँच बजे से छः बजे तक तिवारी सर से पढ़ाई और फिर छः से पौने सात तक मेरे साथ पढ़ाई कर ज्योति लौट जाया करती थी। चुंकि आज तिवारी सर नहीं आने वाले थे इसलिए ज्योति ने पौने छः बजे आने का कहा था। अब केवल पंद्रह मिनट बचे थे ज्योति के आने में। मगर, हर मिनट किसी घंटे से कम नहीं था।

माँ ने मूंग दाल की पकौड़ियाँ बनाईं थी। इसलिए मेरे कमरे में ही ले आयी और बोली, "ले खा भी ले और पढ़ भी।" मूंग दाल की पकौड़ियों की खुशबू से मुझे एकदम से जोरों की भूख महसूस होने लगी थी और मैं कुछ क्षणों के लिए ज्योति को भूल ही गया। किताब को एक ओर रख मैंने प्लेट अपनी ओर खींच ली। मगर, जैसे ही माँ पकौड़ियाँ से भरी प्लेट रख वापस रसोई में गयी, ज्योति आ गयी। मैं पहली पकौड़ी मुँह में रखने ही वाला था कि ज्योति ने दरवाजे पर खड़े-खड़े कहा, "वाह-वाह क्या बात है? अकेले-अकेले पकौड़ियों के मजे लिए जा रहे हैं।"

मेरा हाथ मुँह तक आ एकदम से रुक गया लेकिन तभी ज्योति ने लपक कर मेरे हाथ की पकौड़ी ली और अपने मुँह में रख ली।

मैं अवाक सा देखता ही रह गया। मगर, वो शरारत से मुस्कुरा रही थी। इधर चुंकि माँ ने ज्योति को आते देख लिया था, इसलिए वो एक और प्लेट में पकौड़ियाँ ले आयी। मगर, ज्योति ने माँ के हाथों की प्लेट को ले सारी पकौड़ियाँ मेरी ही प्लेट में उझल ली और माँ से कहा, "हम साथ में ही खा लेंगे, ज्यादा बर्तन करने की जरूरत ही क्या है?" उसकी बात सुन माँ भी अवाक रह गयी।

भाग: 20

माँ के लिए ज्योति का व्यवहार असामान्य हो सकता था, पर माँ ने अगले ही पल अपने व्यवहार और विचार से भिन्न अप्रत्याशित प्रतिक्रिया देते हुए कहा, "बहुत समझदार हो, बेटा, यूँ बचत करने का तो मुझे भी कभी ख्याल नहीं आया।" और ज्योति के मुस्कान की प्रतिक्रिया में मुस्कान दे कमरे से चली गयी।

मैं अचरज में था। मुझे समझ नहीं आ रहा था कि माँ को ज्योति के व्यवहार से आपत्ति क्यों नहीं हुई, जबकि मुझे याद नहीं कि कभी माँ ने हम दोनों भाईयों को भी एक ही बर्तन में कुछ खाने को दिया हो। उनका तो हमेशा से यही कहना था कि हमें कौन सी कमी है जो थोड़े-थोड़े के लिए सोचें।

मैं अपने ख्यालों में ही उलझा था कि ज्योति ने आधी पकौड़ियाँ खत्म कर हिचकियाँ लेते हुए मेरे हाथ पर कलम की निब चुभाकर कहा, "ललित, थोड़ा पानी ला दो ना।"

मैं चुभन से चौंक गया और हाथ खींचते हुए बोला, "पानी चाहिए था तो सीधे बोलती ना, ये कलम चुभाने कि क्या जरूरत थी?"

जवाब में उसने मुझे घूरकर देखा और कहा, "तुम सुन ही कहाँ रहे थे।"

मैं समझ गया कि क्या हुआ होगा? अतः मैं सीधे पानी लाने चल पड़ा।

मैं लोटे में जब पानी ले लौटा तो सबसे पहले दरवाजे पर पर्दा खींचते हुए चिल्लाकर बोला, "हम पढ़ने बैठ रहें हैं, कोई काम हो तो ना कहना।"

मैंने जानबूझकर काम ना कहने को कहा था ताकि बार-बार आकर कोई हमारे जश्न में खलल ना डाले।

कमरे में ज्योति आराम से बिस्तर पर लेट गयी थी और मुझे देख शरारत से मुस्कुरा रही थी। मैं समझ नहीं पा रहा था कि उसके दिमाग़ में क्या चल रहा है?

मैंने पानी का ग्लास बढ़ाया और एक पकौड़ी मुँह में रख चबाते हुए बोला, "और, अब क्या करना है?"

उसने ग्लास खाली करने तक तो आँखें चौड़ी कर मुझे घूरा, जैसे कहना चाह रही हो, 'दो मिनट, पानी खत्म कर लूँ।' और फिर ग्लास खाली होते ही वापस लेटते हुए इशारा कर कहा, "पहले यहाँ आओ ना।"

मैं भी बिस्तर पर उसके पास बैठ गया।

उसने मेरे बैठते ही घूमकर अपना सर मेरे गोद में रख दिया और बोली, "ललित, क्या हम हमेशा ऐसे ही एक-दूसरे के लिए वफादार रहेंगे।"

मगर, मैं उसके सवाल का कुछ जवाब देता उससे पहले खुद ही बोल पड़ी, "हम जितना एक-दूसरे को समझते हैं, हमारे बीच कभी गलतफहमी नहीं आ सकती। अगर, हमारी शादी हो जायेगी तो, मुझे नहीं लगता कि हम बोरिंग कपल होंगे क्योंकि हम एक-दूसरे को खुश करना तो अच्छे से जानते हैं।"

मुझे उसकी सारी बात तो समझ नहीं आयी थी, पर वफादारी और गलतफहमी का मतलब मैं समझ गया था और मैंने कहा, "मैं वादा करता हूँ कि कभी तुम्हें धोखा नहीं दूँगा।" मेरे बात खत्म करते ही ज्योति गोद में से उठ गयी और मेरे सीने से चिपक गयी। मुझे अजीब भी लग रहा था और अच्छा भी। इसलिए मैंने भी उसे बाँहों में भर लिया। मेरी आँखें बंद हो गयीं थी, पर अहसास बेहद सुकून भरा था।

हम कुछ मिनटों तक वैसे ही एक-दूसरे के गले लगे रहें। मगर, जब ज्योति मुझसे अलग हुई तो मैंने देखा कि वो रो रही थी। उसकी आँखों में आँसू थे, पर होंठों पर मुस्कान भी थी।

उसने मेरे हाथों को अपने दोनों हथेलियों में पकड़ रखा था। वो बहुत कुछ कहना चाहती थी। मगर, उसकी आँखें बस रोना चाहती थीं। ऐसे हालात में उसके शब्द बाहर आने को एक सहारा, एक राह ढूंढ रहें थे। मैंने धीमे से कहा, "ज्योति, मैं तुमसे बहुत प्यार करता हूँ, फिर भी तुम रो रही हो?"

उसने कोई जवाब नहीं दिया। अपने आँसू पोछ मुस्कुरा कर, "बुद्धू" कहा और वापस मेरे गोद में लेट गयी।

मैं उसके चेहरे को गौर से देख रहा था। उसके चेहरे में कोई तो जादू था। मेरी उंगलियाँ उसके नाक के उभार, पर उसके होंठों, पर उसके आँखों की पलकों पर और उसके चेहरे पर चल रहीं थी। मेरी उंगलियाँ ऊपर से नीचे की ओर फिसलती हुई उसके गर्दन पर पहुँच गयीं थी। उसकी सुराही जैसी लम्बी गर्दन, बड़ी-बड़ी आँखें सब एक ऐसी छवि बनाती थीं कि वो सबसे अलग दिखती थी, किसी हंसनी की तरह। मगर, ये सब बस मुझे ही अलग सा दिखता था, शायद।

क्या ज्योति के करीब होने पर मुझे जो आनंद अहसास हो रहा था, वो प्यार का खुमार था? पता नहीं, मगर सुबह ज्यादा खूबसूरत लगने लगती थी जब मैं ज्योति के ख्यालों के साथ जागता था और अगर वो अपने छत पर दिख जाये तो और भी मादक।

हम एक-दूसरे में खोये थे। ज्योति गोद में लेटी मुझे और मैं उसे बस देखे जा रहा था। हम एक-दूसरे की आँखों में अनंत प्रेम का नितांत समर्पण और सुकून तलाश रहे थे।

मगर, सच तो यह हैं कि हर लम्हा स्मृति तो बन सकता है, पर सहवासी नहीं। वक़्त बीत रहा था और रात हो रही थी। इसलिए अचानक से ज्योति को घर जाने का ख्याल हो आया और उसने उठ कर बैठते हुए कहा, "अब मुझे जाना होगा, बहुत देर हो गयी।" उसने जैसे ही जाने की बात की लगा किसी ने हाथ से सबसे प्यारी चीज छीन ली हो। मन बेचैन हो गया और मैंने उसे कुछ और देर रोकने के लिए कहा, "पर अभी मेरा मन नहीं भरा।"

जवाब में वो मुस्कुराई और बोली, "वो तो कभी नहीं भरेगा क्योंकि मेरा भी नहीं भरा।" और आगे हो मेरे गाल पर चूमकर कहा, "कल मिलते हैं।" और चली गयी।

वो चली गयी, पर मैं उन्हीं स्मृतियों में अटका ठहरा रह गया।

भाग: 21

वक़्त से गिला करें क्या, ये तब भी हसीन था... आज भी हसीन है।

वक़्त की कीमत वक़्त के गुज़रने के बाद और इंसान की अहमियत उससे दूर होने पर ही समझ आती है। ये जिंदगी बड़ी अनप्रिडिक्टेबल है। दो साल गुज़र गये। हाँ, पूरे दो साल। मगर, आसानी से कुछ नहीं खोता, वक़्त लगता है।

मैं और ज्योति एक दिन का जश्न मनाने के बाद वापस पढ़ाई में लग गये थे क्योंकि अगले दिन ही माँ और तिवारी सर हमारी प्रिडिक्शन के अनुसार वापस से हम पर हावी हो गये थे। हाँ, ये बात अलग थी कि हमारी आशिकी पढ़ाई के साथ-साथ जारी थी। हम उन लम्हों को सच में जी रहें थे।

मगर, मैट्रिक की परीक्षा के खत्म होते ही ज्योति का परिवार केदारनाथ दर्शन को निकल गया और मैं अकेला रह गया। मुझे बुरा तो बहुत लग रहा था और ज्योति से दूर होना बर्दाश्त भी नहीं हो रहा था, पर मैं समझ सकता था कि ज्योति के पास अपने परिवार के साथ जाने के अलावा कोई चारा भी तो नहीं था। इसलिए किसी तरह मैंने अपने दिल को मना लिया।

मगर सच कहूँ तो, मना क्या लिया बस, दर्द सह रहा था। जिसका खामियाजा घर के लोग भुगत रहें थे क्योंकि मैं बात-बेबात चिढ़ रहा था, गुस्सा हो रहा था। मुझे पता था कि मेरा व्यवहार गलत है, पर मैं स्वयं को नियंत्रित ही नहीं कर पा रहा था।

प्रीति के ना रहने की ख़बर ने मुझे जितना दर्द दिया था, ज्योति से दूर होने की पीड़ा उससे कहीं कम नहीं थी।

मगर, ना ही मुझे और ना ही ज्योति को पता था कि ये बिछोह इतना लम्बा हो जायेगा क्योंकि ज्योति का परिवार निकला तो हफ्ते-दस दिनों के लिए था, पर यात्रा बढ़ते-बढ़ते डेढ़ महीने की हो गयी। वे केदारनाथ घूमने के बाद ज्योति की मौसी के यहाँ और फिर वहाँ से मामा और वहाँ से बुआ के यहाँ चले गये।

वो ऐसा वक़्त था जब मोबाईल की सुविधा नहीं थी और टेलीफोन भी सबके पास नहीं होता था। हमारे बीच भावनाओं को बाँटने के लिए कोई साधन नहीं था। हम दोनों ही अलग-अलग छटपटा रहे थे, पर कुछ नहीं कर सकते थे, सिवाय इंतज़ार के!

मगर, दो साल पहले मुझे भी कालापानी की सजा हो गयी और मैं भैया के पास दिल्ली चला आया। कहानी बस इतनी सी है कि मैट्रिक परीक्षा का नतीजा आते ही माँ के आदेश पर मुझे दिल्ली आना पड़ा। मगर, इस बार निश्चित था कि मुझे दिल्ली में रहना है और ज्योति को मुजफ्फरपुर में, इसलिए हमने मन मार कर ख़त के रास्ते जुड़े रहने का फैसला किया। ये तो तय था कि त्योहारों पर मुजफ्फरपुर लौटूँगा और तब जी भर ज्योति को वक़्त दूँगा।

दो साल बाद मैं दिल्ली में था और ज्योति शायद गाँव में या फिर जैसा वो ख़त में लिखा करती थी कलकत्ता जाने के बारे में, तो शायद कलकत्ता में।

कहाँ तो मैट्रिक की परीक्षा के बाद मैं ज्योति से डेढ़ महीने की जुदाई ना सह पाने के कारण चिड़चिड़ा हो रहा था और कहाँ मैंने माँ के फैसले का एकबार भी विरोध नहीं किया और दिल्ली आने को मान गया। वक़्त बहुत कुछ सिखा देता है और हालात कुछ भी करवा सकते हैं।

बड़े भैया के साथ रहना अब पहले जैसा नहीं था क्योंकि बड़े भाई से बहुत कुछ छुपाना पड़ता था, खास कर ज्योति के ख़त। ज्योति हर हफ्ते ख़त लिख रही थी और मैं हर हफ्ते जवाब दे रहा था। कभी-कभी ख़त बस आते थे और हिम्मत नहीं होती थी जवाब देने की। वो मुझे ख़त भेजना नहीं भूलती थी और मैं उसे नहीं भूलता था। ये प्रेम बड़ा कचोट रहा था और जितना महसूस हो रहा था, उतना ही गहरा होता जा रहा था। इस बार वाकई में मुझे सच्चा प्यार हो गया था।

लेकिन इधर मेरे प्यारे तुनकमिजाजी बृज भैया अब वाकई में बड़े हो गये थे क्योंकि अब मैं उनके लिए ननकू नहीं रह गया था, जिम्मेदारी बन गया था। हरदम आते-जाते पढ़ने को कहना और दिल्ली में कैसे एडजस्ट करना है, समझाना। वे मुझ पर शायद अपने बड़ेपन का रुबाब दिखाते थे या शायद उन्हें मेरी कुछ ज्यादा ही फिक्र थी, पता नहीं? मगर, ये तो तय था कि वे दिल्ली में आकर नये रंग में रंग गये थे। मगर, भैया ये भूल गये थे कि जब वे दिल्ली आये थे तो उन्हें कोई बताने या समझाने वाला नहीं था और उन्होंने अपनी समझ से दिल्ली में रहना सीखा। मैं

भी स्वयं से सीखना चाहता था। पर चुंकि मैं भैया से बात करते हुए थोड़ा सावधान रहता था, शायद इसलिए भैया को लगता था कि मैं घबराता हूँ।

मगर, सच तो यह था कि मैं डरता था कि कहीं मेरे मुँह से मेरे ही राज़ का पर्दाफाश ना हो जाये! कई बार मैंने अहसास किया कि जैसे मैं उनसे अपनी नीजि बातें छुपा रहा था, वे भी कुछ छुपा रहे थे। शायद उनका भी कोई राज़ था। कोई बहुत गहरा राज़।

भाग: 22

तकरीबन डेढ़ साल लगातार मैं और ज्योति ख़तों के जरिए वो सारी बातें करते रहें, जो प्यार में पड़े लोग करते हैं। मगर, इस बीच मैं एकबार भी वापस मुजफ्फरपुर नहीं जा सका। कई कारण रहें।

ख़त जो हमारी मोहब्बत की साँसें थी, धीरे-धीरे कम होने लगी थीं। ख़त जो कभी लबालब प्यार से भरे रहते थे, धीरे-धीरे उनकी गहराई खत्म होने लगी थी। शायद मेरी भी गलती थी कि मैं बनना तो लेखक चाहता था, पर प्यार लिखने से डरता था। मगर, ज्योति जो प्यार का सागर थी, वो क्यों इतनी शांत हो गयी थी समझ नहीं आ रहा था!

दूरियों को दोष देना था तो सही नहीं, पर मैंने दोष दूरियों को ही दिया। क्योंकि मन को मनाना जो था। ख़तो का सिलसिला खत्म होते बर्फ के गोले सा हो गया था, रस भी कम था और स्वाद भी। बस, ठंड-ही-ठंड थी।

ना जाने किस ब्रेकिंग प्वाइंट पर आ कर मेरा और ज्योति का रिश्ता एकदम से शून्य में खो गया, पता नहीं। मगर, एक खेद ने उस शून्यता में मन के जिरह को जवाब देने के लिए स्वयं को मेरा वकील चुन लिया था।

मेरे जीवन में पतझड़ आ गया था। हफ्ते-हफ्ते होने वाली प्यार की बारिश अब यदा-कदा वाली चलंत बरखा हो गयी थी। मगर, बृजमोहन मस्त बरगद की तरह झूम रहा था। हाँ बड़े भैया के जीवन में बहार आकर ठहर सी गयी थी।

बृज भैया जो छुपा रहे थे, वो शायद बहुत दिलचस्प था क्योंकि आजकल वे चलते-फिरते, बात-बेबात मुस्कुराते रहते थे। शायद वे भी प्यार में थे या फिर कोई थी जो उनके प्यार में थी। ये ऐसा राज़ था जिसकी खुशबू को मैं अच्छी तरह पहचानता था, पर बड़े भैया का सुख मुझे उत्साहित नहीं कर पा रहा था। मैं दुःखी था, शायद!

मैं नाराज था या परेशान या विचलित कुछ समझ नहीं आ रहा था। मैं चाहता तो ख़त लिख ज्योति से पूछ सकता था, पर अंदाजे पर कैसे पूछता? अगर, मेरा अनुभव झूठा निकला तो? तो मेरा प्यार जो असमंजस में हाँ-ना के झूले पर झूल रहा था, खत्म हो सकता था। मैं बहुत बड़ी दुविधा में था और मन में जिरह करते खेद को गौर से सुन भी रहा था। एक ही मन में कितने ही वकील खड़े हो गये थे और जिरह कर रहे थे, नतीजतन दिमाग़ कोई निर्णय कर नहीं पा रहा था।

कभी-कभी लग रहा था, जैसे दिल टूट गया है। मैं खुद से खफ़ा हो रहा था क्योंकि मेरी तकदीर में प्यार को खोना ही लिखा था। पहले प्रीति और अब शायद ज्योति भी। मन कश्मकश में घुटा जा रहा था। कभी जोर-जोर से चिल्लाने को दिल होता था तो कभी स्वयं को थप्पड़ मारने को।

मैंने एकदिन पढ़ते-पढ़ते 'क्या पढ़ रहा था' और 'क्या पढ़ रहा हूँ' भूलाकर एक चाकू ले लिया। मैंने चाकू तो उठा लिया था, पर क्यों मुझे इसका भी अहसास नहीं था। हाँ, मैं बार-बार चाकू के धार को देख रहा था। अचानक से दिल किया कि अपनी कलाई काट लूँ।

मगर, तभी बड़े भैया आ गये और मुझे अजीब सी नज़रों से देखते हुए कहा, "चाकू से क्या कर रहा है?"

मैं सकपका तो पहले ही गया था, पर उनके सवाल ने तो दिल को उछाल ही दिया। मैंने झट चाकू रख दिया और कहा, "कुछ नहीं, बस ऐसे ही।"

बड़े भैया की आँखों में अभी भी एक विस्मयता थी। वो मुझे यूँ देख रहे थे जैसे मैं कोई बेवकूफ़ हूँ।

प्यार ने जितना पागल नहीं बनाया था, उसके खोने के भय ने उतना बना दिया था। सबके बावजूद मैं कुछ नहीं कर सकता था। कुछ था जो मुझे रोक रहा था।

मैं ठहर गया। हाँ, मैंने वजह जानने की कोशिश तक नहीं की कि क्यों ज्योति ने एकदम से ख़त लिखना छोड़ दिया। एकबार फिर मेरे मन में एक वकील खड़ा हो गया था और मुझे समझा रहा था कि रिश्तों में थोड़ी ढील बेहतर होती है। यदि रिश्तों के दर्मियां सवाल-जवाब, कुछ ज्यादा ही अपनी जगह बनाने लगते हैं तो रिश्ते टूटने लगते हैं। मुझे समझाने वाला वकील मेरे मन का संशय था, जो भयभीत था, 'प्यार को सदा के लिए खोने के भय से'। मैंने वकालत कभी नहीं

पढ़ी इसलिए दिमाग़ पर ज्यादा जोर नहीं दिया और अपनी तरफ से कोशिश के नाम पर एक ख़त डाल जवाब की प्रतिक्षा करने लगा। हालांकि एक संभावना यह भी थी कि मेरे भेजे ख़त, ज्योति के मम्मी या पापा के हाथ ना लग गयें हो! मगर, चुंकि मैं ख़त अपने नाम से ना भेजकर ज्योति की सहेली के नाम से भेजता था, इसलिए पकड़े जाने की संभावना बहुत कम थी।

प्रतीक्षा की घड़ी लम्बी होती गयी और मैं बारहवीं की परीक्षा दे आज़ाद हो गया था। अब मैं कम-से-कम नतीजे आने तक तो घर लौट सकता था। मगर, घर लौटने से कोई लाभ होगा या नहीं, ये तो एक बड़ा प्रश्न था। मुझे बड़ी गहराई से महसूस हो रहा था कि ज्योति मुजफ्फरपुर में नहीं है और शायद वो कलकत्ता चली गयी है। अगर वो मुजफ्फरपुर में होती तो मेरे ख़तों का जवाब देने से कभी ना चूकती। मगर, प्रश्न तो यह भी था कि अगर वो दुनिया में कहीं भी होती तो कम-से-कम मुझे एक ख़त लिख बताती तो सही या फिर अपना पता ही भेजती।

भाग: 23

संबंधों में शुन्यता एक घातक विचार होता है। मेरे और ज्योति के संबंध के तार ख़तों के कारण जुड़े थे। परंतु जब मेरे आखरी ख़त का कोई जवाब नहीं आया तो हमारे संबंधों के बीच आ गयी शून्यता। हम बिना कुछ कहे-सुने ही निर्णय पर पहुँच गये थे। एक खामोशी से हमारा प्यार अधुरे में ही खत्म हो गया।

ज्योति का तो पता नहीं कि उस वक़्त क्या हुआ? पर मैं जरूर प्यार के मामले में गंभीरता खो चुका था। मेरे लिए अब प्यार नाम की कोई चीज़ वजूद नहीं रखती थी। एक लड़के और लड़की के बीच दोस्ती और उसके अलावा वो सब कुछ हो सकता था, 'जो कुछ हो सकता था'। पर प्यार एक संबोधन से ज्यादा कुछ नहीं था। एक संबोधन नैतिकता को दर्शाने भर के लिए। अगर प्यार खामोशी से बेवजह ही अधूरा रह जाता है तो इसका तो यही अर्थ हुआ ना कि वो होता ही नहीं है, वो केवल एक छलावा है। मैं अब छलावों के लिए तैयार नहीं था। इसलिए मैंने तय किया कि मैं मुजफ्फरपुर नहीं जाऊँगा और ना ही दिल्ली में रहूँगा।

मैंने तय किया कि मैं नतीजे आने के बाद ऐसी जगह जाऊँगा जहाँ कोई मुझे ना पहचाने, ताकि मैं लोगों को परख सकूँ और सही रिश्ते बना सकूँ। मैंने बहुत सोचने के बाद मन बना लिया कि मैं मुम्बई जाऊँगा और आगे के लिए कुछ ऐसा पढ़ूँगा जो मुझे सही मायने में स्वयं को समझने में मदद करे। बहुत रिसर्च करने के बाद जो विषय मुझे मेरे लिए और समाज को समझने के लिए उपयुक्त लगा, वो था मनोविज्ञान। मैंने मनोविज्ञान पढ़ने का मन बना लिया था।

मेरे लिए आगे की राह बहुत कठिन होने वाली थी क्योंकि माँ ने मुझे इंजीनियरिंग पढ़ने को भेजा था और मैंने इण्टर सांइस को अच्छी तरह समझ कर पढ़ा भी था। मगर, मन की सुनने वाला मैं पहली बार मन की करने जा रहा था और वो भी किसी को भी बिना कुछ बताये। मुझे पता था कि अगर मेरे निर्णय की भनक भी माँ को लग गयी तो मुझे घर वापसी का पुरस्कार मिल ही जायेगा। इसलिए अपने एकलौते सहवासी, भैया बृजमोहन से मुझे मन की आवाज छुपानी थी।

शायद, ये इतना भी कठिन नहीं था क्योंकि भैया बृजमोहन उसी दौर से गुज़र रहे थे जिसमें आदमी अंधा और बहरा हो जाता है, 'मोहब्बत से'। हाँ, कभी मैं भी मोहब्बत पर यकीन किया करता था, पर वो ज्योति को आखरी ख़त लिखने से पहले की बात थी।

भैया को कानों-कान ख़बर नहीं हुई और मेरा राज़ तब तक छुपा ही रहा जब तक मैंने भैया की गुल्लक को फोड़ कर पैसे नहीं निकाले। मजबूरी थी, मुम्बई जाने के लिए टिकट के पैसे चाहिए थे और जब तक मेरा वहाँ कुछ हो ना जाता तब तक के लिए खर्च के पैसे भी।

मगर, भैया को ठीक उसी दिन सब पता चल गया, जीस दिन मैं ट्रेन पकड़ने निकलने ही वाला था।

सारे किये-कराये पर पानी फिर जाता, पर मैंने दिमाग़ से काम लिया और भैया को धमकाया कि अगर उन्होंने मुझे रोकने की कोशिश भी की तो मैं माँ को ख़त लिख उनका राज़ बता दूँगा। संयोग से तुक्का काम कर गया। भैया चोरों की तरह घबरा गये और मुझे समझाने की कोशिश करते हुए बोले, "ननकू, तू गलत कर रहा है। मेरा जो होगा सो होगा, पर तेरा तो पूरा भविष्य ही बरबाद हो जायेगा। तू मुम्बई हीरो बनने के चक्कर में जा रहा है ना? माँ को पता चला तो वो तुझे कभी माफ नहीं करेगी। मैं तो फिर भी दो-चार जूते ही खाऊँगा, पर तेरा क्या होगा? ज़रा सोच ले।"

बात तो भैया की सही थी। माँ मुझे माफ तो नहीं करने वाली थी पर तब जब मैं पढ़ाई के अलावा कुछ करने की सोचता। हाँ, भैया को मैंने चोरी पकड़े जाने पर मुम्बई जाने की बात बता दी पर मनोविज्ञान पढ़ने की बात नहीं बताई। क्योंकि अगर उन्हें पता चलता कि मैं मुम्बई पढ़ने जा रहा हूँ तो वे मेरा राज़ कभी राज़ नहीं रखते।

मैंने भैया के सामनेजानबूझकर एक हाथ लो और एक हाथ दो वाली शर्त रखी थी। मेरी शर्त के अनुसार भैया के प्यार के चक्कर का राज़ मेरे दिल में महफूज तब तक रहने वाला था जब तक भैया मेरे लिए माँ से पैसे मांग कर मुझे मुम्बई भेजने वाले थे। ये बात और थी कि ये राज़ ज्यादा दिनों तक गुप्त नहीं रहने वाला था। मगर, मुझे भी तब तक ही माँ से पैसे चाहिए थे जब तक मैं खुद से अपना खर्च उठाने लायक कमाने ना लगता। मैंने सब तय कर लिया था।

अंततः भैया को हार माननी ही पड़ी। मैं प्यार की साइकोलॉजी तो अच्छी तरह समझ गया था। प्यार आदमी को हरा सकता है, झुका सकता है, पर कभी जिता नहीं सकता। मैं प्यार से दूर हो जीत रहा था और भैया प्यार में पड़ हार।

मैं खुश था और उत्साहित भी क्योंकि मैं एक गुमनाम साये की तरह अपनी मर्ज़ी का कुछ करने जा रहा था। एक नयी दुनिया को जानने जा रहा था और खुद को परखने। 'मेरा क्या होगा?' मुझे देखना था।

भाग: 24

मैं एक अनुभवहीन युवक था। मुझे केवल इतना पता था कि मायानगरी मुम्बई या तो जिंदगी बना देती है या फिर वापस धकेल देती है, वहीं जहाँ से आप आये हो। ठीक वैसे ही जैसे समुद्र अपने अंदर कुछ नहीं रखता।

मुम्बई एक ऐसा शहर था जहाँ एक छोटा भारत बसता था और बसते थे लोगों के जीते-जागते सपने। मगर, मेरा कोई सपना नहीं था। मुझे तो फिल्मों के बारे में भी जो भी थोड़ा-बहुत पता चला था, वो ज्योति से ही पता चला था। ना मेरी दिलचस्पी मुम्बई की बड़ी-बड़ी बिल्डिंगों को निहारने में थी और ना ही मुम्बई की भागती जिंदगी का हिस्सा बनने में। मुझे तो भीड़ पर रिसर्च करनी थी। मनोविज्ञान पढ़ मुम्बई के लोगों को मनोवैज्ञानिक ढंग से समझना था। ताकि जिंदगी में जो कुछ भी बनूँ पर बेवक़ूफ़ ना बनूँ।

मगर, मैं कौन सा ब्रह्मा हूँ जो अपना कल रच सकता? मैं भैया को ब्लैकमेल कर मुम्बई चल दिया और किसी तरह एक चॉल में एक कमरा भी ले लिया। मेरे बारहवीं के नतीजे अच्छे आये थे, इसलिए मुम्बई युनिवर्सिटी में दाखिला भी आसानी से मिल गया। सब बढ़िया चल रहा था। वक़्त सरपट भाग रहा था। मैं किताबों के साथ लोगों को भी पढ़ रहा था। मैं खुश था क्योंकि कोई अकाउंटेबिलिटी नहीं थी। बस पढ़ना और केवल पढ़ना था।

मुम्बई युनिवर्सिटी की लाइब्रेरी मेरे खाली वक़्त और भूखे दिमाग़ के लिए एक बेहतर जगह बन गयी थी। तीन महीने में मैंने बीस लेखकों को पढ़ लिया था। साम्यवाद, समाजवाद, धर्म, राजनीति के साथ-साथ मनुष्य शरीर की सबसे जटिल संरचना के विभिन्न जटिल सिद्धांतों पर बड़े-बड़े विचारकों की राय और परिचर्चाओं को भी पढ़ डाला था। मुझे लग रहा था कि जैसे मैं पहली बार एक नदी से निकल सागर की गहराइयों में तैर रहा हूँ। मुझे स्वयं के सोचने के तरीक़े में भी परिवर्तन महसूस हो रहा था। मन निर्मल हो गया था। किसी से कोई शिकायत नहीं रह गयी थी। यद्यपि अपने कर्तव्य का अनुभव जरूर हो रहा था

और इसलिए मैंने तय किया कि माँ को मेरा राज़ पता चले तथा वो खर्च भेजना बंद करे उससे पहले अपना खर्च खुद उठाने लायक कमाना शुरू कर दूँगा।

अगले ही दिन से मैं ट्यूशन देने कि लिए छात्रों को तलाशने लगा। चुंकि मैं पढ़ने में सही था और चॉल में रहने वाले लोगों ने मुझे परख लिया था, वे स्वयं भी अपने बच्चों को मुझसे पढ़वाना चाहते थे। मेरे चाहते ही मुझे छात्र मिल गये। बस क्या था, मैं और भी अधिक खुश हो गया। खुश होना तो बनता ही था क्योंकि मनोविज्ञान के अनुसार मुझमें सरवाइवल एबिलिटी भरपूर थी।

मगर, मुझे जिस बात का भय था वही हुआ। भैया का ख़त आया, जिसमें उन्होंने लिखा था कि माँ को सब पता चल गया है। मैं चाहता तो परेशान होता, पर मुझे अपने फैसले पर कोई खेद नहीं था। परेशान होने की एक जो वजह हो सकती थी, उसका भी मैंने उपाय ढूंढ निकाला था। अब मुझे मेरे खर्च के लिए भैया को ब्लैकमेल करने की जरूरत नहीं थी। मेरा खर्च आराम से चल रहा था। सब बढ़ियाँ था। मुझे ना घर की याद आ रही थी और ना फिक्र हो रही थी। फिलहाल मैं बस खुद के लिए ही जी रहा था।

हाँ, आप मुझे स्वार्थी समझ सकते हैं। मगर, खुद के जीवन को सही दिशा देने की ख्वाहिश करने में अगर कुछ लम्हों के लिए अपने लोग भी नज़रंदाज़ हों जायें तो उसे स्वार्थी होना तो नहीं कहा जाना चाहिए। ये तो सेल्फ असेस्मेंट एण्ड इम्प्रोवाइजेशन हुआ ना?

खैर, मैं मुम्बई में वहाँ की भाषा की तरह मस्त था।

मगर, वो कहते हैं ना कि वक़्त बदलते वक़्त नहीं लगता। मेरे जीवन में भी एक परिवर्तन आने वाला था। हाँ, एक ऐसा परिवर्तन जो मेरी अब तक की सारी समझ को ठेंगा दिखाने वाला था। मैं आने वाली मुसीबत से अनजान था क्योंकि अक्सर मुसीबत तब तक मुसीबत नहीं लगती है जब तक वो कोई भूचाल ना लाये।

विक्रम मेरे बचपन का दोस्त मुम्बई में ही रह रहा था और मैं इस बात से अनजान था। मगर, मैं केवल विक्रम के मुम्बई में होने से ही अनजान नहीं था बल्कि इस बात से भी अनजान था कि वो अब एक नक्सली बन गया था।

एक दिन चॉल के मेरे एक विद्यार्थी ने मुझे आकर कहा कि कोई मुझसे मिलने आया है और चॉल के सामने वाली चाय की दुकान पर मेरा इंतज़ार कर रहा

है। मैं हैरान था क्योंकि मुम्बई में मुझे कोई नहीं जानता था और मेरे घर से कोई आनेवाला भी नहीं था।

एक बार लगा कि कहीं माँ तो मिलने नहीं आयी! आ भी सकती थी क्योंकि माँ मुझे सबसे ज्यादा प्यार करती थी। मगर, अगले ही पल अहसास हुआ कि माँ का प्यार एक तरफ और नाराजगी एक तरफ। वो इतनी आसानी से और वो भी बिना प्रयास किये माफ नहीं करने वाली। फिर लगा कि कहीं ज्योति...!

मगर, ज्योति कैसे आ सकती थी? उसके पास तो मेरा पता भी नहीं था। मैं उलझ गया था।

ऐसा ही होता है रिश्तों के बीच रहने और अपेक्षाएं रखने से। आप उलझते चले जाते हैं।

भाग: 25

मेरे मन में उठे सभी प्रश्नों का उत्तर 'विक्रम' चॉल के सामने वाली चाय की दुकान पर खड़ा था। जब मैं सड़क पार कर चाय की दुकान की ओर बढ़ा और जब मैंने विक्रम को देखा तो अचानक एक अलग सा अहसास मेरे उलझे मन को चंचल कर गया। मुझे एक अलग खुशी का अहसास हो रहा था। ये खुशी मेरी उस खुशी से अलग थी, जो तीन महीने से मैं अहसास कर रहा था।

मैंने आगे बढ़ विक्रम को गले लगाया और आश्चर्य से कहा, "तू मुम्बई में? कब आया और कैसे...?"

वो शांत था और मुझे घूर रहा था। उसकी आँखों में एक अजीब सी गहराई थी। मैंने पहली बार गले मिलकर भी, उस अहसास का अनुभव नहीं किया जो बचपन में केवल हाथ पकड़ साथ चलने पर स्वयं ही हो जाता था। विक्रम बदला-बदला सा लग रहा था।

मैंने चाय वाले को दो कप चाय के लिए कहा तो वो मुझे आश्चर्य से देखने लगा। मैंने हँस कर कहा, "भैया, हम दोनों बिहार से हैं, हमारे यहाँ बाँटकर खाने-पीने की आदत तो है, पर हम एक का आधा नहीं करते। इसलिए फूल नो कटिंग।"

चायवाला मुस्कुराया और बोला, "हम भी बिहार से ही हैं।"

मैं अभी भी अपने प्रश्न के उत्तर की प्रतीक्षा में था, पर विक्रम कहीं खोया था। मैंने गला साफ करते हुए कहा, "भाई, एक सदी बाद मिल रहें हैं और तू खामोश खड़ा है।"

मेरी बात सुन विक्रम चौंक गया और बोला, "क्या सदी बाद? पर हम तो बस तीन-साढ़े तीन साल बाद ही मिले हैं।"

जवाब में मैंने हँसकर बोला, "पर सदी तो बदल गयी ना? साल 2000 चल रहा है।" इस बार मेरी बात सुन उसके होंठों पर भी एक मुस्कान तैर गयी। इसी बीच चायवाले ने चाय पकड़ा दी थी और हमने खत्म भी कर ली थी।

मगर, मेरी इतनी कोशिश के बाद भी विक्रम खुल कर बात नहीं कर रहा था। मेरे कुछ समझ नहीं आ रहा था। मेरे सारे मनोवैज्ञानिक सिद्धांत भी फेल हो रहे थे और मैं लाख कोशिशों के बाद भी विक्रम को समझ नहीं पा रहा था। हाँ, इतना जरूर समझ गया था कि विक्रम यूँ ही मुझसे मिलने नहीं आया।

चाय खत्म करने के बाद मैंने विक्रम को अपने कमरे पर चलने को कहा तो वो ठिठक गया और बोला, "कहीं और चलें?"

मैं विक्रम की असहजता को महसूस कर पा रहा था। एक पुराने मित्र से इतने वक़्त बाद मिलने पर भी वो इतना असहज क्यों है, यह जानना मेरे लिए उतना ही अहम हो गया था जितना साल 2000 के आने से पहले 2K हो गया था। मगर, क्या मेरी जिज्ञासा भी वैसी ही कोरी रह जायेगी, यह एक अहम प्रश्न था।

अंततः एक क्षण विचार कर और अपने शैड्यूल को मन-ही-मन चेक करने के बाद मैंने चायवाले भैया को पैसे बढ़ाते हुए विक्रम से कहा, "चल, जहाँ तुझे सही लगे। चल।" और हमदोनों वहीं पास में एक पार्क की ओर बढ़ गये।

पार्क पहुँचने तक रास्ते में विक्रम वैसे ही खामोश था। मगर, पार्क पहुँचने के बाद पार्क के एक कोने में पहुँच, वो मुझसे लिपट कर रो पड़ा। एक गहरी संवेदना के अहसास ने मुझे भीतर तक झकझोर दिया और मैं, जो रिश्तों और संवेदनाओं से भाग रहा था, अनायास ही उसके पीठ पर हाथ फेरने लगा। मैं हाथ फेरते हुए उसे खुद को संभालने को कह रहा था, पर हक़ीक़त यह थी कि अगर वो एक मिनट और चुप ना होता तो शायद मैं भी रो पड़ता।

विक्रम ने स्वयं को संभाला और कहा कि वो लगभग दो साल से मुम्बई में ही रह रहा है। उसकी बात सुन मुझे आश्चर्य हो रहा था क्योंकि अगर वो दो साल से मुम्बई में रह रहा है तो इसमें तकलीफ़ की भला क्या बात है और मुझसे वो इतना कब जुड़ गया कि इतना भावुक हो गया और बिलख पड़ा? मैं उसके विषय में सब जानना चाहता था और शायद वो भी मुझे सब बताने ही आया था।

मेरी आँखों में कितने ही प्रश्न थे, पर मैं उसकी आँखों में सिवाय शुन्यता के कुछ नहीं देख पा रहा था। उसने स्वयं को संभालने के बाद अपने विषय में केवल मुम्बई में रहने की बात कही और फिर अपने जेब से कुछ रुपए निकाल मेरी ओर बढ़ाकर कहा, "ये रख ले, तेरे पिता जी से उधार लिये थे, पर लौटाने मुजफ्फरपुर वापस नहीं जा पाया।"

उसकी हरकत पर मुझे एक तरफ तो हैरानी हो रही थी और दूसरी तरफ गुस्सा भी आ रहा था। जी तो कर रहा था कि एक थप्पड़ रसीद कर दूँ और वापस चॉल की तरफ चल दूँ। मगर, कुछ तो था जो रहस्य था और जिसकी उपस्थिति मुझे जिज्ञासु बना रुकने को विवश कर रही थी।

मैंने रुपये लेने के लिए हाथ नहीं बढ़ायें क्योंकि मैं तो पहले ही अपने खर्च के लिए घर से सहायता नहीं ले रहा था, ऐसे में घर की, यानि कि पिता जी के पैसों को लेना मेरे सिद्धांतों के विरुद्ध था।

मेरे हाथ ना बढ़ाने का अर्थ विक्रम ने क्या समझा, पता नहीं? मगर, वो वहीं एक पत्थर के बेंच पर बैठ गया और बोला, "लगता है, तुझे सब बताना ही होगा! पर दोस्त मैं तुझे सब इस तरह नहीं बताना चाहता था। मगर, अब कोई रास्ता भी तो नहीं है।" उसने बात खत्म कर एक गहरी साँस ली और एक तरफ खिसकते हुए बेंच पर मेरे बैठने के लिए जगह छोड़ दी।

भाग: 26

वक़्त के एक नये सबक को सीखने के लिए मैं विक्रम के बगल में बैठ गया और बोला, "बता, ऐसा क्या है जो तू मुझे यूँ नहीं बताना चाहता था?"

उसने मेरी तरफ गौर से देखा और कहा, "तीन दिन पहले मैंने तुझे यहाँ रास्ते में देखा था और देखते ही पहचान गया था।"

उसकी बात सुन मैं मुस्कुरा पड़ा क्योंकि तीन-साढ़े तीन साल बाद भी अनापेक्षित जगह पर देखकर भी मेरे मित्र ने मुझे पहचान लिया था और आज मुझसे मिलने भी चला आया था।

वो मुझे मुस्कुराता देख मुस्कुराया और बोला, "बस, तेरा पीछा किया और तेरे घर का पता लगा लिया। मगर, सच तो यह है कि मैं तुझसे मिलने कभी नहीं आता। अगर, मुझे ये पैसे ना लौटाने होते।"

उसकी बात ने मेरा दिल तोड़ दिया था। पर मैं असली वजह के उजागर होने के इंतज़ार में था।

वो मेरे चेहरे पर बदलते भावों को बिल्कुल वैसे ही पढ़ रहा था जैसे मैं पढ़ने की कोशिश करता था और लोगों की साइकोलॉजी समझने की कोशिश करता था। उसने आगे कहा, "आज तूने एक नक्सली के साथ चाय पी है, दो बार गले मिला है और अब साथ बैठ कर बातें कर रहा है।"

मैं जितनी जल्दी रहस्य जानने की फिराक में था, उसकी हर अगली बात मामले को उतना ही गहरा बना रही थी। जब उसने खुद को नक्सली कहा तो मेरे पैरों के नीचे से जैसे जमीन ही सरक गयी। मैंने चौंक कर कहा भी, "क्या बकवास कर रहा है? तू... तू और नक्सली?"

मगर, उसने कोई उत्तर ना दिया, वो गंभीर था। उसने एक गहरी साँस ली और कहा, "इसका मतलब तू कुछ नहीं जानता। लगता है तेरे पिता जी ने या फिर माँ ने तुझे कुछ नहीं बताया।"

मैं अब पूरी तरह हिप्नोटाइज हो चुका था और मैंने उसके सवाल के जवाब में, "हाँ," कहा और उसके आगे कहने का इंतज़ार करने लगा।

उसने मुझे एकबार फिर गौर से देखा और कहा, "ठीक है, मैं बताता हूँ। मगर, ऐ दोस्त, अगर कभी तुम वापस मुजफ्फरपुर जाना तो भूल कर भी किसी से मेरे मुम्बई में होने की चर्चा मत करना। वरना मुझे माँ के साथ आत्महत्या करनी पड़ेगी।"

आत्महत्या की बात सुन मैं लगभग हिल गया था और मैंने वादा करते हुए कहा, "मैं किसी को कुछ नहीं बताऊँगा, वादा।"

इस बार मेरे शब्दों ने जैसे उसे यकीन दिला दिया था, वो गर्दन नीची कर अपने प्लास्टिक के चप्पलों को देखते हुए बोला, "मैं नक्सली नहीं हूँ। मैं मुम्बई में नाम और पहचान बदलकर बस इस जीवन को जीने की कोशिश कर रहा हूँ। इस जिंदगी ने ऐसा सबक सिखाया है, जो किताबें कभी नहीं सीखा पातीं। बाबा ईंट भट्टे पर मुनीमी किया करते थे। पर एक दिन भट्टे के मालिक के साले ने कोई गबन कर इल्ज़ाम बाबा पर लगा दिया। मालिक ने भी बाबा का भरोसा नहीं किया। वो बाईस सालों से इमानदार थे, पर एक इल्ज़ाम ने उन्हें चोर बना दिया। पुलिस उन्हें पकड़ कर ले गयी। माँ ने और मैंने भट्टे के मालिक के और थाने में हर छोटे-बड़े के पैर पकड़ें, पर कुछ नहीं हुआ। तब तेरे पिता जी ने केस लड़ने को कहा और पैसों से मदद भी की मगर, अदालत में पिता जी को सजा हो गयी। मैं माँ की हालत देख नहीं पा रहा था और पिता जी तो एकदम चुप हो गये थे। फिर भी, मैं कर भी क्या सकता था? पढ़ाई छूट गयी और काम खोजना पड़ा। मगर, भट्टे के मालिक को पिता जी को चोर साबित करके भी संतोष नहीं हुआ था और उसे अपने पैसे वापस चाहिए थे। वो हमें बार-बार धमकियाँ दिलवाने लगा था। हार कर मेरे सब्र का बांध टूट गया और मैंने एक दिन भट्टे पर जाकर उससे झगड़ा कर लिया। झगड़े में मेरे हाथों से उसका सर फूट गया और बस वो दिन है और आज का दिन है, मैं भागता ही फिर रहा हूँ। भट्टे के मालिक ने अपने साले के कहने पर मुझ पर नक्सली का केस करवा दिया। मैं वापस लौट नहीं सकता क्योंकि अब लौटने की कोई वजह नहीं। बाबा ने जेल में ही खुद को खत्म कर लिया। किसी रिश्तेदार ने साथ नहीं दिया। मैं मजबूर था क्योंकि माँ को

खोना नहीं चाहता था इसलिए यहाँ नाम और पहचान बदलकर जिंदगी गुजार रहा हूँ। हर पल डर कर जी रहा हूँ। कभी-कभी जी करता है कि खुद को खत्म कर लूँ या फिर सच में नक्सली बन जाऊँ। मगर, मैं लोगों के झूठ को सच नहीं बनाना चाहता। ये बात अलग है कि कानून के रखवाले कहते हैं कि सौ गुनहगार छूट जायें, पर एक बेगुनाह को सजा नहीं होनी चाहिए। मगर, सच तो यह है कि सजा जितनी आसानी से बेगुनाह को मिल जाती है, उतनी आसानी से गुनहगार को नहीं। आज मेरे बेगुनाह बाबा को मिली सजा ने मुझे क्या बना दिया वरना मैं भी तेरी तरह आज पढ़ रहा होता।"

अपनी बात खत्म कर विक्रम ने पैसे मेरे हाथ में रखे और उठ कर चल दिया। मैं उसे रोक भी नहीं पाया और कुछ कह भी नहीं पाया। मुझे अजीब सी घुटन हो रही थी। मैं समाज की असली करतूत अपनी खुली आँखों से देख रहा था और वो अंतर महसूस कर पा रहा था जो विक्रम ने कहा था। वो चला गया, पर मुझे बता गया, किताबें सब कुछ नहीं सीखा सकतीं।

भाग: 27

मैंने मन-ही-मन खुद से वादा किया कि मैं अगर कभी घर लौटा तो विक्रम के मुम्बई में होने की किसी को भनक तक लगने नहीं दूँगा। मगर, विक्रम की कहानी ने मुझे एक बार फिर अपने फैसले पर सोचने को विवश कर दिया था।

मैं सोच रहा था कि मैं और विक्रम दोनों ही हमउम्र हैं, पर हालातों ने मुझे बार-बार बेवकूफ़ बनाया है जबकि विक्रम को सही मायने में परिपक्व। मगर, यूँ परिपक्व होकर भी वो कितना अविकसित रह गया। उसके प्लास्टिक के चप्पल मुझे बार-बार कचोट रहें थे और कह रहें थे, "वो खुद्दार है, उसके बावजूद नक्सली का तमगा ढोने को मजबूर है। अगर मैं उसकी जगह होता तो टूटकर बिखर जाता।" मुझे मेरे दोस्त पर गर्व हो रहा था। मैं उससे दोबारा मिलना चाहता था, पर उसने जाते हुए कहा था कि अगर वो मुझे कभी कहीं दिख भी जाये तो मैं उसे ना पहचानूँ, हम दोबारा कभी नहीं मिलेंगे। मैं उसकी समस्या को समझ सकता था।

विक्रम की कहानी ने मेरे मनोविज्ञान को मनुष्यों को समझने के सर्वोत्तम साधन की धारणा को खंड-खंड कर दिया था। मैं समझ गया था कि मैं मनोविज्ञान पढ़ केवल एक सीमा तक ही मनुष्यों को समझ सकता हूँ। असली दुनिया तो नज़र के सामने होती है, जिसमें परिस्थितियाँ अच्छे को बुरा और बुरे को अच्छा बनाती है तथा कभी सहारा बना देती है तो कभी मोहताज।

अब मनोविज्ञान मेरे लिए केवल एक विषय ज्ञान बन गया और अब केवल मुझे उसे पढ़ना था, समझना था, आजमाना नहीं था।

मैं और गंभीर हो गया। मुझे अब परिस्थितियों के अनुकूल व्यवहार करने में भी डर लगने लगा था।

इसी बीच मेरी मुलाक़ात अधीर से हुई। अधीर कॉलेज के छात्र संघ का प्रेसिडेंट था। वो बहुत जोशीला था और संविधान के अनुसार अपने अधिकारों और दायित्वों को भलीभांति जानता था। अधीर पाटिल अपने नाम की तरह ही अधीर था। संयम क्या होता है, उसमें इस बात की ज़रा भी परवाह ही नहीं थी। वो बेहद

संवेदनशील था या होने का अभिनय करता था, पता नहीं! पर वो औरों के लिए कभी भी किसी से भी लड़ने-भिड़ने को तैयार रहता था। हाँ, वो साथ केवल सही का ही देता था। उसके संवेदनशील होने पर शुरुआत के दिनों में मुझे संशय इसलिए था क्योंकि उसके पिता मुम्बई की राजनीति में एक सक्रिय और बड़े नेता थे। मगर, बीतते वक़्त ने मेरे संशय को खत्म कर दिया। धीरे-धीरे हमारी तिकड़ी कॉलेज में फेमस हो गयी थी।

आप सोच रहे होंगे कि अगर मैं और अधीर ही थे तो फिर तिकड़ी कैसे हुई? पर हम दो नहीं तीन थे। मैं, अधीर और अधीर की जुड़वा बहन अनामिका पाटिल।

हम तीन कॉलेज के हर मुद्दे पर मुखर थे। कोई-ना-कोई मुद्दा हमें खोजता हम तक पहुँच ही जाता था। अधीर छात्र संघ का प्रेसिडेंट था, पर उसके सारे कामों में मैं और अनामिका हमेशा साथ रहते।

मैं अधीर और अनामिका से तब मिला जब विक्रम से मिलने के बाद मुझ में व्यापक परिवर्तन हुए थे। एक दिन कॉलेज पहुँचा तो देखा, अधीर और अनामिका कुछ छात्रों के साथ बढ़ी हुई फीस के फैसले को वापस लेने के लिए प्रिंसीपल के ऑफिस के बाहर धरने पर बैठे थे। मैंने वजह पता की और मुझे लगा कि वे लोग सही कर रहे हैं। आखिर गरीब छात्र बढ़ी फीस के साथ कैसे एडजस्ट कर पायेंगे? कुछ छात्र शायद कुछ ना कहें और पढ़ाई ही छोड़ दें। यह सोच मैं भी उनके साथ वहीं धरने पर बैठ गया।

उस दिन हम पहली बार मिले। हमारा परिचय हुआ और फिर पता नहीं क्यों अधीर ने मुझमें दिलचस्पी दिखाई और हम एक टीम बन गये। हमारी तिकड़ी हर मुद्दे पर साथ खड़ी रहने लगी थी। हम कॉलेज के बाहर भी सामाजिक कामों में बढ़-चढ़कर हिस्सा लेने लगे थे। हम कभी गरीब बच्चों के लिए कपड़ों और किताबों के इंतजाम के लिए डोनेशन कैंप लगाते तो कभी बल्ड डोनेशन कैंप। हमारा समूह हर रविवार मुम्बई की अलग-अलग झुग्गियों में जाकर बच्चों को प्रारंभिक शिक्षा भी देता था। देखते-देखते छः महीने बीतें और फिर एक साल।

मैं बहुत खुश था। मुझे अहसास हो रहा था कि मैं अपने जीवन के सबसे सही वक़्त में हूँ। मुझे अधीर और अनामिका के रूप में दो बेहतरीन दोस्त, बेहतरीन इंसान मिल गये थे। हमारी सबसे बड़ी समानता थी, 'हमारी मानवतावादी सोच'। हम साथ में केवल सामाजिक काम ही नहीं कर रहें थे बल्कि कभी-कभार जश्न भी मना रहें थे। कभी किसी समूह सदस्य के जन्मदिन को धूमधाम से मनाना

तो कभी मुम्बई दर्शन के नाम पर देर शाम तक यूँ ही घूमते रहना। जिंदगी सोच बदलने के कारण और भी खूबसूरत बन गयी थी।

सब सही चल रहा था। मगर, एक दिन अनामिका ने मुझसे वो कहा जिस पर मैंने यकीन करना कब का छोड़ दिया था। उसने मुझसे कहा कि वो मुझे पसंद करती है। मैं इतना भी नादान नहीं रह गया था कि उसकी बात का मतलब समझ ना सकूँ। मगर, इस जीवन की यात्रा में जो सबक मैंने सीखा था, वो मुझे दोबारा अपनी भूल दोहराने से रोक रहा था और इसलिए मैंने अनामिका से स्पष्ट शब्दों में कह दिया कि वो अगर मेरी दोस्त बन कर रहना चाहे तो मुझे कोई आपत्ति नहीं, पर मैं प्यार-व्यार पर यकीन नहीं करता।

मुझे पता था कि जितने सीधे तरीक़े से मैंने अनामिका को जवाब दिया है, उसका परिणाम उतना ही उलझा हो सकता है। लेकिन अब मैं हर चुनौती के लिए तैयार था।

अनामिका ने मुझ से उस पल कुछ नहीं कहा और चुपचाप चली गयी। मगर, उसकी खामोशी ने मुझे सोचने और अंदाजे लगाने पर मजबूर कर दिया। मैं चाह कर भी अधीर जैसे साथी को खोना नहीं चाहता था। पता नहीं क्यों पर इस बार मुझे अधीर से मोहब्बत हो गयी थी, मैं उससे आकर्षित था।

भाग: 28

अधीर और मैं बहुत कम समय में काफी गहरे दोस्त बन गये थे। वो बहुत अलग था, बहुत अलग। वो जो करता, अपने अंदाज में करता था। उसकी हर बात मुझे खास लगती थी। मैं और वो दिन भर तो लोगों से घिरे रहते थे क्योंकि सामाजिक कार्यक्रमों के अलावा कॉलेज की समस्याएँ भी हम ही सॉल्व करवाते थे। मगर, शाम को मैं और अधीर उसकी बाइक पर सैर को निकल जाया करते थे।

वो अक्सर कहता था, "यार ललित, पापा तो मुझ में खुदको ही ढूंढते रहते हैं, पर मैं उनकी तरह नहीं हूँ। उन्हें मेरा सोशल वर्क करना मेरी फ्यूचर राजनीति की तैयारी लगता है लेकिन मैं मदर टेरेसा से इंस्पायर्ड हूँ और उनकी तरह मानव सेवा करना चाहता हूँ। मेरी नज़र में दुनिया का सबसे लाचार प्राणी इंसान ही है और इसलिए उसे हर तरह से मदद जरूरी है। मेरे पापा मुझे अपनी तरह लीडर बनाना चाहते हैं, पर मैं गाँधी जी के जैसा लीडर बनना चाहता हूँ।"

वो सच में अलग था। वो मदर टेरेसा और गाँधी से प्रभावित होने के बावजूद शराफत का ढोंग नहीं करता था और उसकी यही बात मुझे आकर्षित करती थी। उसने मुझे सिगरेट पीनी सिखाई थी। हम साथ में पूरी पैकेट फूँका करते थे। हम जब भी पूरे दिन का काम निपटा बाइक से घूमने निकलते तो किसी एकांत जगह पर रुक घंटों बैठे बातें करते और सिगरेट के कश लेते हुए गुनगुनाते। उसने अपनी लाइफ को एक गाने से आसान बना रखा था। वो अक्सर सिगरेट का कश लेते हुए कहता, "दोस्त, जिंदगी कभी आसान नहीं होती इसलिए मैं तो बस इस गाने की तरह जीता हूँ; मैं जिन्दगी का साथ निभाता चला गया... हर फ़िक्र को धुँएँ में उड़ाता चला गया... बर्बादियों का सोग़ मनाना फिजूल था... बर्बादियों का जश्न मनाता चला गया...।" और हँसकर एक सिगरेट सुलगाता, कश खींच धूएँ का छल्ला हवा में उड़ा देता।

उसकी लाइफ फिलोसोफी बहुत सरल थी और इसलिए मैं उस सा बनना चाहता था। उसके समूह में उस से और मुझ से कई थे, पर मैं केवल उसकी वजह से था।

मगर, अनामिका के प्रपोजल ने मुझे डरा दिया था। मैं सब कुछ झेलने को तैयार था लेकिन अधीर का साथ खोने को बिल्कुल नहीं।

अनामिका ने कहा तो कुछ नहीं था, पर बातों को दिल में ही रखने वाले लोग ज्यादा खतरनाक होते हैं। मुझे भय था कि कहीं वो अधीर से मेरे विषय में कुछ अनाप शनाप ना कह दे। हर क्रिया के विपरीत एक प्रतिक्रिया तो होती ही है और मुझे भय था कि मेरे टके से जवाब के बदले वो मेरे और अधीर के बीच कोई गलतफहमी का बीज ना बो दे। पर अनामिका ने अगले ही दिन मुझे भय मुक्त कर दिया। उसने मेरी सोच को गलत साबित कर दिया।

अगले दिन जब मैं अनामिका से टकराया तो उसने बहुत ही सामान्य भाव से कहा, "ललित, तुम नाराज मत होना और कुछ ज्यादा लोड लेने की भी जरूरत नहीं है। मेरे दिल में जो था वो मैंने कहा और तुम्हें जो कहना था तुमने कहा, बात खत्म। अब हम सामान्य रह सकते है और हमेशा की तरह ही एक-दूसरे के दोस्त भी।"

वैसे तो मैं अनामिका का दोस्त भी कभी नहीं था, पर उसकी बात के बदले में हामी भरना ही सही था। वो एक लड़की थी और मैं नहीं चाहता था कि बार-बार उसकी अपेक्षाओं को आहत करूँ। यद्यपि अनामिका मेरे लिए केवल अधीर की छोटी बहन और समूह का हिस्सा थी।

वक़्त को तो केवल बढ़ना आता है। वक़्त आगे बढ़ गया और हर बात पुरानी हो गयी। सब वापस पहले जैसा ही हो गया। हम वापस रविवार को झुग्गियों में पढ़ाने जा रहे थे। वापस सामाजिक कार्यों में भाग ले रहे थे। वापस कॉलेज की समस्याओं को सुलझा रहे थे। मैं और अधीर वापस पहले की तरह शाम को बाइक से अकेले निकल जाया कर रहें थे। सब सामान्य था। पर देश में सबकुछ सामान्य नहीं था। ऐसे में हमारी जिंदगी का प्रभावित होना आम बात थी।

27 फरवरी 2002 को हमें सुबह दस बजे गुजरात के गोधरा में हुए साबरमती ट्रेन की आगजनी के विषय में पता चला। अधीर ख़बर सुन बहुत बेचैन हो गया और उसने पीड़ितों की सहायता करने का फैसला किया। हम ग्यारह बजे तक मुम्बई से गुजरात के लिए निकल पड़े। अधीर ने एक बस ही बुक कर ली थी। हम बीस-तीस लोग थे। मैं, अधीर, अनामिका और हमारे साथी खाने-पीने का सामना, दवाईयाँ और अन्य जरूरी सामान ले गुजरात के गोधरा के लिए निकल गये थे। हमें पता था कि ट्रेन में लगी आग में बहुत सारे लोग मारे गये हैं और बहुत सारे

घायल भी हैं। सरकार भी अपने स्तर पर सारे कार्य कर ही रही थी, पर हमें इंसान होने के नाते अपना कर्तव्य निभाना था। बस इसलिए हम गुजरात जा रहे थे।

हमने आठ से दस घंटे का सफ़र तय किया और गोधरा पहुँच गये। दिन खत्म हो रहा था, पर दायित्व कम नहीं हुआ था। हमारे जैसे और भी समाजसेवी लोगों की मदद में लगे थे। हम भी लोगों की मदद में लग गये। हमने अस्पतालों का रूख किया और वहाँ डॉक्टरों से मिल मदद करने की इजाजत ली। हम भी अस्पताल में अपने स्तर पर लोगों की सेवा में लग गये।

मगर, आने वाला कल कुछ अलग ही करने वाला था।

भाग: 29

यूँ तो साबरमती ट्रेन में लगी आग में लगभग अस्सी-सौ लोग हताहत हुए थे, पर सभी इमरजेंसी केस थे इसलिए सभी अस्पतालों में एक समान अफरा-तफरी थी। ट्रेन में लगी आग की ख़बर ने उस ट्रेन में यात्रा कर रहे हर यात्री के रिश्तेदारों के मन में एक खौफ भर दिया था। जो हताहत थे, उनके रिश्तेदार तो परेशान थे ही, वे लोग भी परेशान थे जिनके रिश्तेदार घर नहीं पहुँचे थे। ट्रेन में आग लगने के बाद ट्रेन आगे नहीं बढ़ी थी। लोग अपनी जान बचाने के लिए अलग-अलग माध्यमों से आगे बढ़ गये थे। एक बोगी जलकर लगभग राख हो गयी थी। आग आगे और पीछे भी बढ़ी थी। बहुत ही भयावह दृश्य रहा होगा। मगर, चश्मदीद एक-दूसरे को और मीडिया के लोगों को अपनी-अपनी कहानियाँ सुना रहे थे। लोगों की मदद करते हुए हमारे कानों में भी पूरी कहानी पड़ी और आँखों के आगे वह दृश्य तैर गया। मन एकदम से घबरा गया था। मगर, हमें घबराना नहीं था; बस जितने लोगों की, जिस प्रकार की भी, हो सके सहायता करनी थी।

कुछ-कुछ करते हुए रात बीत गयी और अगली सुबह सब लगभग सामान्य हो गया था। हम जिस अस्पताल में थे वहाँ कम ही मामले थे, पूछताछ करने वालों की ही संख्या ज्यादा थी। अतः अगली सुबह हमने वापस मुम्बई लौटने का फैसला किया और बस में सवार हो चल पड़ें।

मगर, हम सभी साथी रास्ते में मिलने वाले तूफान से अनजान थे। 28 फरवरी गुजरात की तकदीर में काला दिन बनने वाला था। पूरे गुजरात में दंगे भड़क गये थे। हर जगह हिन्द मुसलमानों को और मुसलमान हिन्दओं को मार-काट रहे थे। रास्ते में कुछ दंगाइयों ने हमारी बस को भी रोक लिया। हम सभी बहुत घबरा गये थे। दंगाई जात या धर्म पूछ कर हमें काटने वाले नहीं थे, वे तो बस हमारे पहनावे और बातचीत के अंदाज से अनुमान लगा हमारा फैसला करने वाले थे। अगर हम एक धर्म के दंगाइयों से बच भी जाते तो दूसरे धर्म के दंगाइयों से नहीं बचते।

मगर, अधीर के आँखों में कोई खौफ नहीं था। उसे हिम्मत से भरा देख मैंने भी मन मजबूत कर लिया और उसके साथ बस से उतर गया। हमने दंगाइयों को

यात्रा

समझाने की कोशिश की कि हम बस सोशल वर्कर हैं और मुम्बई लौट रहें हैं। मगर, दंगाइयों को समाज, मनुष्य या फिर देश से क्या लेना-देना था। उनके सीने में तो धर्म की आग लगी हुई थी। उन्हें तो बस बदला लेना था। बदला लेने वाले वे दंगाई कहीं से भी लाचार और दुःखी नहीं दिख रहे थे। उनके चेहरों पर केवल आवेश का भाव था। वे सारे दंगाई केवल भूत थे, क्रोध की लपटों में लिपटे अंधे भूत।

अधीर ने बात करने की कोशिश की मगर, तब तक में दंगाई हमला कर चुके थे। एक दंगाई ने अधीर के सर पर डंडे से वार कर दिया था। वो दूसरा वार करने ही वाला था कि मैंने अपना हाथ आगे कर उसे रोकने की कोशिश की, पर वो वार पहले वार से भी जबरदस्त था, मेरा हाथ टूट गया। मैं और अधीर छटपटा कर वहीं बैठ गये थे। दंगाई हम पर लात-घूसों से और जो हाथ लग रहा था, उससे वार किये जा रहे थे। मगर तभी वहाँ पुलिस की गाड़ी आ गयी और दंगाई भाग गये।

मुझे और अधीर को पुलिस के जवानों ने उठा कर गाड़ी में बिठाया, पर अधीर तब तक बेहोश हो चुका था। उसके सर से खुन फफक रहा था। अनामिका ने अपने दुपट्टे से अधीर के सर पर पट्टी बांधी, लेकिन खुन का रिसाव जारी था। बस वापस अस्पताल की ओर मुड़ चुकी थी। हम जब अस्पताल पहुँचे तो देखा वहाँ रात से भी ज्यादा गहमागहमी थी। हम जैसे कितने ही दंगों में घायल लोग ईलाज के लिए अपनी बारी का इंतज़ार कर रहे थे।

अधीर की हालत ज्यादा गंभीर थी इसलिए दो पुलिसवालों ने हमारे दो साथियों की मदद से उसे इमरजेंसी में पहुँचा दिया। मैं भी ढंग से चल नहीं पा रहा था। हाथ तो पक्का टूट गया था और शायद दाँया पाँव भी टूट चुका था। एक साथी ने सहारा दे मुझे भी फर्स्ट एड के लिए पहुँचाया। नर्स ने मुझे देखा और फिर एक इंजेक्शन मेरे कंधे में घोंप दिया। धीरे-धीरे सब धुंधलाने लगा और मैं बेहोश हो गया।

मगर, जब होश आया तो पाया कि मेरे बाँये हाथ और दाँये पैर पर प्लास्टर चढ़ा था। अस्पताल में काफी शांति का माहौल था। अनामिका और मेरे सभी साथी काफी शांत थे। मैंने अपने कमरे में मौजूद एक नर्स को बुलाया और मामला जानने की कोशिश की, तो नर्स ने बताया कि मुम्बई के एक बड़े नेता पाटिल जी आये हैं। मैं समझ गया कि ये अधीर और अनामिका के पिता जी होंगे। मगर, इतना जानने से मेरी जिज्ञासा शांत नहीं हुई बल्कि और बढ़ गयी। इसलिए मैंने और जानने के लिए अस्पताल में पसरे सन्नाटे के विषय में पूछा। मगर, जब

नर्स ने बताया कि पाटिल साहब का बेटा ईलाज के दौरान गुज़र गया तो अधीर का ख्याल आते ही मेरे पैरों के नीचे से जमीन सरक गयी। मैं घबरा गया। मेरी धड़कन एकदम से तेज हो गयी। मुझे नर्स की बात पर ज़रा भी यकीन नहीं हो रहा था। मेरा ध्रुव तारा यूँ नहीं खो सकता था।

मैं अपनी जगह से उठ दौड़कर अधीर के पास जाना चाहता था, पर प्लास्टर की वजह से यह संभव नहीं था। मैं चाहकर भी अपने दोस्त को एक आखरी बार नहीं देख सकता था। मैं एक बार फिर हार गया था। एक बार फिर...।

भाग: 30

मैं एक आखरी बार अपने आदर्श को देखना चाहता था। मैं अधीर के सीने से लिपट रोना चाहता था। आँसू तो वैसे भी रुक नहीं रहे थे। मन में अतीत की तस्वीरें तैर रहीं थी। उसकी वो बात कि इंसान सबसे लाचार जीव है, झूठ लग रही थी क्योंकि जिन दंगाइयों ने पूरा गुजरात जाला डाला था और मेरे 'मदर टेरेसा गाँधी' की जान ली थी, वे इंसान नहीं थे। वे अगर इंसान होते तो उन्हें सामने वाले में भी इंसान दिखाई देता। किंतु वे तो केवल दो धर्म थे, जिन्हें खुद को बड़ा बनाने के लिए और बचाने के लिए एक-दूसरे को मिटाना था।

मैं केवल घायल नहीं हुआ था बल्कि अधीर के मौत की ख़बर ने मुझे भी मार दिया था। मेरे अंदर ना अब कोई उद्देश्य बचा था और ना कुछ कर गुज़रने की चाहत। मैंने तय कर लिया कि ठीक होते ही वापस घर लौट जाऊँगा। मुजफ्फरपुर लौट माँ और पिता जी से माफी मांग लूँगा। शायद, वे माफ भी कर दें। मगर, अब मनोविज्ञान और लोगों के मनोविज्ञान को समझने की भूख संतृप्त हो चुकी थी।

मैं इंतज़ार में था कि कोई साथी मुझसे मिलने आये तो मैं अधीर को एक आखरी बार देखने की अपनी इच्छा बता सकूँ। नर्स चली गयी। उसे जो देखना और करना था, वो देख और कर वो चली गयी। मैं कमरे में अकेला बैठा केवल उम्मीद कर रहा था। मुझे पता था कि ईश्वर शायद मुझसे नाराज है और मेरी सुनने वाला नहीं। जितना मैंने खोया था, उसके बाद तो स्पष्ट ही था कि या तो मेरे फैसले ही गलत थे या फिर सच में ईश्वर नाराज है।

मैं आँखें मूंद लेटा मन में मंथन कर रहा था। तभी मुझे अपने बाजू पर किसी के स्पर्श का अहसास हुआ। मैंने आँखें खोली तो देखा सामने अनामिका खड़ी थी। उसकी आँखें लाल हो रखीं थी, शायद अधीर के लिए वो भी रोई थी; जैसे मन-ही-मन मैं रो रहा था।

अनामिका ने मुझसे कहा, "सॉरी, ललित, मगर मैं भैया को बचा नहीं पायी। भैया को उनके लाचार लोगों ने ही मार डाला।"

वो अपनी बात खत्म करते-करते फफक पड़ी। मैं उसे रोने से तो नहीं रोक सकता था, पर उसे साहस देने के लिए मैंने उसके हथेली को कसकर पकड़ लिया। दो पल के बाद ही अनामिका ने स्वयं को नियंत्रित किया और आँसू पोछ कहा, "भैया को ले पापा मुम्बई जा रहे हैं। मैं भी जा रही हूँ। अगर तुम कहोगे तो ठहर जाऊँगी क्योंकि डॉक्टर के अनुसार तुम अभी यात्रा नहीं कर सकते।"

वो अपनी बात खत्म कर मेरी प्रतिक्रिया की प्रतीक्षा कर रही थी और मैं सोच रहा था कि किस हक से अनामिका को रोकूँ? उसके प्रेम प्रस्ताव को तो मैं ठुकरा चुका था और ऐसे वक़्त में जब उसे अपने पिता और परिवार वालों के साथ होना चाहिए, कैसे रोक लूँ? इसलिए मैंने एक गहरी साँस ली और उसे अपनी एक आखरी बार अधीर को देखने की इच्छा बताते हुए मुम्बई लौट जाने को कह दिया।

वो मेरी बात सुन गंभीर हो गयी, पर उसने केवल, "ठीक है," कहा और कमरे से निकल गयी।

कुछ देर बाद मेरे कमरे के सामने कॉरिडोर में वो और उसके पिता अधीर की बॉडी को स्ट्रेचर से ले जाते नज़र आये। अनामिका ने मेरे दरवाजे के सामने पहुँच अधीर के चेहरे पर से सफेद चादर हटा दी। मैं उस तीस सेकंड को कभी नहीं भूल सकता। मेरा दोस्त अधीर अपने स्वभाव से विपरीत एकदम शांत था। उसके सर पर सफेद पट्टी बंधी थी। चेहरे पर कोई भाव नहीं था। मुझे उस तीस सेकंड में अधीर के चेहरे में अपने सारे मर चुके ख़्वाब नज़र आ गये।

अनामिका और उसके पिता अधीर की देह को ले चले गये। अब गुजरात जैसी अनजान जगह पर मैं अकेला रह गया था। मैं एक महीने तक कहीं नहीं जा सकता था क्योंकि नर्स ने बाद में बताया कि मेरे पैर का प्लास्टर एक महीने से पहले नहीं कटने वाला था। हाथ ज्यादा डैमेज था और इसलिए हाथ का प्लास्टर छ: महीने रखना था।

इस बार वक़्त नहीं बीत रहा था। अनामिका के पिता जी ने अस्पताल वालों को मेरे ईलाज के लिए काफी मोटी रकम दी थी, इसलिए मुझे किसी प्रकार की कोई तकलीफ़ नहीं थी। मगर, अकेले वक़्त बिताना कुछ ऐसा था जैसे कोरी किताब को बार-बार पढ़ने की कोशिश करना।

किसी तरह पंद्रह दिन बीत गये और सोलहवें दिन अनामिका मुझसे मिलने वापस गुजरात आयी। उस जगह वापस लौटना जहाँ आपने अपना कुछ खोया हो, बहुत दर्द देता है। अनामिका के चेहरे पर वो तकलीफ़ मैं साफ देख पा रहा था क्योंकि मैं तो रोज वैसे ही दर्द से गुज़र रहा था। हर रोज लगता जैसे कॉरिडोर में अधीर स्ट्रेचर पर पड़ा है। ऐसे में अनामिका को जो अहसास हो रहा था वो साफ नज़र आ रहा था।

अनामिका ने बताया कि अधीर का अंतिम संस्कार करने के बाद उन लोगों ने उसके कुछ अंश समुद्र में प्रवाहित कर दिये और कुछ गंगा में। कुछ अंश को एक बर्तन में सहेजकर अपने घर के गार्डेन में उसकी समाधि बनाई है ताकि अधीर के होने का अहसास बना रहे। मैं मन-ही-मन कह रहा था, 'सब बकवास है, अधीर को जिंदा रखना है तो यादों में ही रखा जा सकता है। उसके आदर्शों को जी कर रखा जा सकता है।' मगर, मैं कुछ भी कह कर अनामिका और उसके पिता की भावनाओं को ठेस नहीं पहुँचाना चाहता था।

भाग: 31

अधीर के विषय में सब बताने के बाद, अनामिका ने मुझसे एक बार फिर कहा कि वो मुझे अभी भी बहुत पसंद करती है क्योंकि मैं बिल्कुल अधीर के जैसा हूँ। मगर, मैं जानता था कि मैं अधीर के जैसा कभी नहीं हो सकता था। मेरा जवाब भी बदलने वाला नहीं था।

मैंने इस बार अनामिका को समझाने की कोशिश की और कहा, "अनामिका, मैं तुम्हें उस नज़र से नहीं देखता और ना ही देखना चाहता हूँ। रही बात कि तुम मुझमें अधीर को देखती हो तो जान लो अगर मैं ज़रा भी अधीर सा था तो अब नहीं हूँ। अधीर मेरा आदर्श था। उसके चले जाने के बाद मुझमें अब उस सा कुछ शेष नहीं है। मैं कोई अशोक नहीं, जो पीड़ा से ज्ञान पा लूँगा। मुझमें अब संघर्ष की शक्ति नहीं है और मैंने वापस अपने घर लौटने का फैसला कर लिया है। मुझे माफ कर दो। शायद, तुम अपने भाई के गुणों से प्रभावित थी और अपने होने वाले जीवनसाथी में वैसे ही गुण देखना चाहती हो। पर तुम्हारी कल्पना का वो चेहरा मैं नहीं हूँ। अब कोई संभावना नहीं कि हम एक हो पायें। सॉरी।"

मेरे जवाब ने अनामिका को ठेस तो पहुँचाई थी क्योंकि मेरे जवाब को सुन, अगले ही पल वो अलग तरह से बात करने लगी। उसने मुझे बताया कि अधीर की मौत के बाद केंद्रीय पार्टी ने उसके पिता और उसे ऊँचे पद दिये हैं। अगर मैं उसका साथ दूँ तो राजनीति में मेरा करियर भी बन सकता है।

अनामिका की बातें सुन मैं हैरान था क्योंकि मैं जिस अनामिका को जानता था वो ऐसी नहीं थी। पर मुझे खुद के यकीन पर यकीन नहीं हो पा रहा था। दिल कह रहा था कि क्या जिस अनामिका को मैं जानता था वो हमेशा से ऐसी ही थी और मैं ही उसे कुछ और समझ रहा था? बहुत सारे सवाल थे किंतु मैं उन सवालों में उलझना नहीं चाहता था। मुझे अब आगे बढ़ जाना था। मैं फिर से किसी भावना में बहना नहीं चाहता था। मैंने खुद के लिए जी कर देख लिया था। मैंने ज्योति के लिए जी कर देख लिया था। मैंने समाज के लिए जी कर देख लिया था। अब बस मुझे अपने अपनों के लिए एक बार जी कर देखना था। मैंने तमाम चीजें करने

के बाद स्वयं को जिस निर्णय पर पाया था, वो था 'लौटना', वापस अपनी जगह, अपने घर।

मैंने अनामिका के प्रस्ताव के जवाब में सीधे शब्दों में केवल इतना कहा, "सॉरी, मगर, राजनीति के लिए मैं नहीं बना और ना ही राजनीति मेरे लिए।"

मेरे शब्द कठोर थे और मेरी भावनाएँ सरल। ये एक ऐसा कॉकटेल था, जिसका स्वाद अच्छे-अच्छों के मुँह का स्वाद बिगाड़ देता है। अनामिका के साथ भी वही हुआ और वो आगे बिना कोई तर्क किये वापस लौट गयी। कुछ हफ्तों के बाद मेरे पैर का प्लास्टर कट गया और मैं चलने-फिरने लायक हो गया। इसलिए मैं भी मुजफ्फरपुर लौट आया।

मगर, घर लौटा तो देखा यहाँ अलग ही भसड़ मची थी। माँ और पिता जी के लिए मेरा टूटा हाथ और एक हाथ में छड़ी जिसके सहारे मैं चल रहा था, मेरा इमोशनल पास बन गयें। मुझे बिना किसी सवाल-जवाब के घर में एंट्री मिल गयी। पर सच तो यह था कि प्रश्नों के परमाणु बम फिलहाल के लिए रोक कर रखे गये थे और उसकी पहले से अन्य वजहें भी थी। सवाल-जवाब होने तय थे और मैं उनके लिए तैयार भी था।

मगर, प्रश्नों पर विराम की पहली वजह थे भैया। भैया ने शादी कर ली थी और वो भी दिल्ली में बिना किसी से अनुमति लिये, सूचना दिये। इसलिए फिलहाल गुस्से और सवालों का रूख उनकी ओर मुड़ा हुआ था। यद्यपि पहली बार किसी के मनमर्जी कर लेने के बावजूद माँ खुश थी। माँ को भैया के शादी कर लेने से कोई आपत्ति नहीं थी और इस बात की पुष्टि उन्होंने स्वयं मुझसे यह कहकर की कि, "बृजमोहन ने जो किया सो किया। मगर, लड़की गोरी है और डॉक्टर भी। बस इसलिए मुझे कोई आपत्ति नहीं। अगर मैं भी ढूंढने निकलती तो उतनी गोरी लड़की ढूंढ नहीं पाती। जब उसे एक गलती के लिए माफ कर रही हूँ तो तुझे क्यों नहीं कर सकती। इसलिए तुझे भी कुछ नहीं कहूँगी। लेकिन बृजमोहन के किये से उसका भविष्य सुधर गया, पर तू ही सोच तेरे किये से क्या हुआ?"

प्रश्न तो माँ का उचित था, पर मेरे अनुभवों ने मुझे थोड़ा तो आम लोगों से अलग बना ही दिया था और मेरे लिए जीवन की सरलता ही अहम विषय रह गयी थी। इधर पिता जी को भैया से घोर आपत्ति थी और मुझसे केवल इस बात पर कि मैंने पढ़ाई अधुरे में क्यों छोड़ी? मैं सब कुछ सब को बता सकता था, पर हर बार सच कहना सही नहीं होता।

घर में अमृता दीदी की शादी की भी बात चल रही थी। जयपुर वाली मौसी ने सब तय करवाया था। जब मेरे लौटने पर गुड़िया दीदी मुझसे मिलने आयी तो माँ ने उनसे पूछा कि तैयारियाँ कैसी चल रही है? माँ के सवाल के जवाब में मुझे पता चला कि गुड़िया दीदी की शादी की तैयारियाँ चल रहीं हैं और पहली बार वो तैयार भी थीं और खुश भी।

मेरे पीछे से बहुत कुछ हो गया था। मैं बहुत कुछ से चूक गया था।

भाग: 32

मैं लौट तो आया था, पर लौटने के साथ ही जिन बातों और लोगों को छोड़कर गया था उनसे और उनकी स्मृतियों से पुनः जुड़ाव होने लगा था। मेरा दिल कर रहा था कि एक बार ज्योति से मुलाक़ात हो जाती या फिर कम-से-कम बात ही हो जाती।

दिल कर रहा था उन सबसे मिलूँ और ढ़ेरों बातें करूँ, जो तीन-चार साल पहले मेरी जिंदगी का हिस्सा थे। तिवारी सर, स्कूल के सारे दोस्त और ज्योति। मगर, दोस्तों से मिलने नहीं जा सकता था। अगर, दोस्तों के सामने भूल से भी विक्रम का जिक्र हो जाता तो विक्रम के लिए मुसीबत हो सकती थी। वैसे भी भरोसा तो किसी का नहीं किया जा सकता।

तीन-चार साल कोई ज्यादा वक़्त नहीं होता लेकिन अहसास हो रहा था कि कितना वक़्त हो गया।

मैं ऊहापोह की स्थिति में था। पढ़ाई छोड़ने और स्ट्रीम बदलने का फैसला भले मैंने सोच-समझकर ही लिया था मगर, तिवारी सर का सामना करने की हिम्मत नहीं हो रही थी। ऐसे में खुद चलकर उनसे मिलने जाने का तो प्रश्न ही नहीं उठता था। मुझे हर पल लग रहा था कि मैं अकेला पड़ गया हूँ। ऐसा कोई नहीं था जिससे अपने दिल की बात कर सकूँ।

अमृता दीदी के घर पर शादी की तैयारियों का माहौल था और वो मुझे वक़्त देने को तैयार ही नहीं थी। मगर, मैं शिकायत नहीं कर सकता था क्योंकि मेरी परिस्थितियों के लिए मेरे लिये निर्णय ही जिम्मेदार थे। इन सब के बावजूद मैं एक नयी चीज सीख रहा था। मैंने जान लिया था कि अगर अपनों का साथ चाहिए और चाहिए कि कोई भी आपको अकेला ना छोड़े तो आप भी कभी अकेले रहने का निर्णय ना करें। हमेशा फैसले सबसे पूछ कर ही करें। यह बात और है कि आप करें मन की ही, पर पूछ लेना एक सही तरीक़ा है।

हफ्ते दिन तक मैं अपने निर्णयों के विषय में सोचता रहा। मैंने कभी कोई गलत निर्णय नहीं लिया था और इसलिए मुझे आज दुनिया की एक अलग समझ है। मैं बस दुःखी था कि मेरे निर्णयों ने मुझे काबिल तो बनाया, पर कामयाब नहीं। हफ्ते बाद मैंने यह समझ लिया कि कामयाबी केवल प्रसिद्ध होने या प्रशंसनीय होने का अर्थ नहीं क्योंकि मैंने बहुत से लोगों को साधारण जीवन जीकर भी संतुष्ट देखा था; एक तो मेरे पिता स्वयं थे। इसलिए मैंने तय कर लिया कि अब मैं केवल संतुष्ट होने के लिए ही उचित निर्णय लिया करूँगा।

मैंने तय भी कर लिया था और अमल भी करने लगा था। मैं पिता जी के साथ दुकान पर बैठने लगा था। इधर कुछ दिनों में भैया की शादी की वजह से पिता जी की सेहत में काफी गिरावट आयी थी। इसलिए मेरे निर्णय से जितना मैं संतुष्ट था, उतने ही पिता जी भी थे।

देखते-देखते वक़्त गुज़र रहा था। मैं दुकान में रम गया था। हाथ का प्लास्टर अभी भी कटा नहीं था, पर अब मैं बिना छड़ी के चल भी सकता था और दौड़ भी। माँ खुश थी, मामा जी भी खुश थे और पिता जी भी। लेकिन मैं अभी भी थोड़ा दुःखी था क्योंकि इतने दिनों में एक बार भी ना ज्योति को देखा था और ना बात हुई थी। मन अक्सर एकांत में कभी अधीर तो कभी ज्योति तो कभी विक्रम और कभी प्रीति के बारे में सोचता रहता था।

इधर अमृता दीदी को एक दिन फुर्सत हो ही गयी और वो मुझसे लड़ने चलीं आयी। मैं अकेला छत पर खड़ा चाँद को निहार रहा था। तभी अमृता दीदी ने आ कर कंधे पर थपथपाया और बोलीं, "अब हाथ कैसा है?" मैंने पलट कर देखा और मुस्कुरा दिया तथा कहा, "अब ठीक है। दर्द भी नहीं होता।"

उन्होंने मुझे यूँ देखा जैसे मैंने कोई गलत जवाब दे दिया हो। उसके बाद उनके अगले शब्द थे, "तुझे दर्द ही तो नहीं होता।" उनकी बात सीने में खंजर की तरह उतर गयी। मैं अचंभित था क्योंकि मैंने सबको बहुत कष्ट दिये थे, पर गुड़िया दी के साथ कभी कुछ गलत नहीं किया था। मैं उनका संदर्भ समझ नहीं पा रहा था। इसलिए मैंने बात पलटते हुए कहा, "जीजा जी क्या करते हैं?"

मेरे प्रश्न को सुन वो मुस्कुरा पड़ीं और बोलीं, "शाबाश! बातें करना सीख गया तु। खैर... मुझे क्या? तेरे होने वाले जीजा भी बिजनेसमैन हैं। दिखने में भी ठीकठाक ही हैं और अभी से मुझे हर बात बताते हैं।"

गुड़िया दीदी के जवाब में मेरी उलझन का जवाब था। मैं समझ गया था कि दीदी मुझसे नाराज क्यों है। उनकी अपेक्षा पर मैं खरा नहीं उतरा था। मगर, सब बताता तो बताता कैसे जब मैं स्वयं नहीं जानता था कि कौन से निर्णय मैंने सोच-समझकर लियें और कौन से याद्दच्छिक? मैंने गुड़िया दीदी से माफी मांगी और कहा, "दी, अब तो तू भी चली जायेगी। मैं किससे मदद मांगूंगा और किससे अपने सुख-दुःख बाटूँगा?"

मेरी बात सुन गुड़िया दीदी ने करीब आ कर कहा, "मैं तेरी परेशानी जानती हूँ और उसका हल भी लाईं हूँ।" मैं चौंक सा गया और इंतज़ार करने लगा कि ऐसा भला क्या है जो गुड़िया दीदी जानती है और मेरी उलझनों का अंत हो जायेगा?"

भाग: 33

गुड़िया दी ने मेरा हाथ अपने हाथों के बीच रख धीमे से कहा, "उस बेवकूफ़ लड़की को भूल क्यों नहीं जाता? वो कलकत्ता चली गयी और अब शायद ही कभी लौटकर आये। मगर, जाने से पहले उसने मुझे तेरे लिखे सारे ख़त दिखाये थे। वो आखरी वाला भी। वो कहकर गयी थी कि तू बुद्धू है। तुझे डर लगता है और इसीलिए वो जा रही है।"

गुड़िया दी की बात सुन मुझे बहुत बुरा लग रहा था। हालांकि ज्योति के एकदम से ख़त लिखना बंद करने से नाराज तो मैं भी था, पर दीदी की बातों पर यकीन नहीं हो रहा था। मेरे लिए ज्योति के विषय में गलत सुनना कठिन हो रहा था और इसलिए मैंने थोड़े सख्त लहजे में कहा, "दी, आप अनाप-शनाप कुछ भी मत कहो। माना वो मुझे छोड़कर चली गयी है मगर, मैं उससे प्यार करता हूँ। मैं उसके विषय में कुछ भी बकवास नहीं सुनूँगा। आप जाओ कहीं मैं आपसे बद्तमीजी ना कर बैठूँ।"

मेरी बात सुन गुड़िया दीदी ने प्रतिक्रिया में केवल मुझे घूरकर देखा और चली गयी।

मगर, गुड़िया दी के जाते ही दिल धक्क से हुआ और मुझे अहसास हुआ कि मैंने कितनी बड़ी गलती कर दी। इस बार सच में मैंने केवल दिल से काम लिया था और गड़बड़ हो गयी थी। प्यार ने सच में मुझे बुद्धू बना दिया था। गुड़िया दीदी नाराज होकर चली गयी थी। मैं जानता था कि अब चाहकर भी मैं गुड़िया दीदी को मना नहीं पाऊँगा। मन एक बार फिर बेचैन हो गया था। मैं ही जानता था कि गुजरात से लौटने के बाद कैसे मैंने अपने मन को तमाम मसलों से हटा शांत किया था। मैं डर रहा था कि कहीं मेरी बेचैनी मुझ पर हावी ना हो जाये।

अगले दिन मैंने गुड़िया दी के घर जा उनसे बात कर माफी मांगनी चाही, पर उन्होंने मुझसे मिलने से मना कर दिया। मैं परेशान था, पर गुड़िया दी तो मुझे

सजा दे रही थी। मैं रोज उनसे माफी मांगने जा रहा था और वो बहाने बना मुझसे नहीं मिल रही थी।

देखते-देखते वक़्त गुज़र गया और गुड़िया दी की शादी के लिए सब जयपुर चले गये। केवल मैं और मदन काका घर पर रह गये थे। मैं जानबूझकर नहीं गया था क्योंकि गुड़िया दी नाराज थी और उन्हें मनाते-मनाते मैं थक गया था। मुझे भी नाराज होना था। आज तक मैं कभी किसी पर नाराज नहीं हुआ था, सिवाय अपनी किस्मत के। लेकिन इस बार मैंने तय कर लिया था कि मैं भी अपने लिए जिद्द कर सकता हूँ, सबको दिखा ही दूँगा। खास कर गुड़िया दी को। कोई मेरे मन को कभी नहीं समझा। क्या मैं इतना गया-गुज़रा हूँ। बस यही सोच कर मैं बहाने से घर पर ही रह गया।

आज इतने वर्ष गुज़र गये। गुड़िया दी ने आज तक मुझे माफ नहीं किया। कभी-कभी लगता है जैसे मैं भी कुछ ज्यादा ही अड़ गया था। अगर शादी अटेंड कर लेता तो शायद वो मुझे माफ कर देती। मगर, आज उन्नीस साल हो गये हैं, वो छुट्टियों में मुजफ्फरपुर आती भी हैं, पर मुझसे बात नहीं करती।

उन्नीस साल में बहुत कुछ बदला है, पर मेरे जीवन में चंद खुशियों के अतिरिक्त कुछ नया नहीं हुआ है। उन्नीस साल पहले आज़ाद मैंने स्वयं को जिस कारावास में धकेला था, उससे मुझे बाहर निकालने कभी कोई नहीं आया क्योंकि किसी को अहसास ही नहीं हुआ कि मैं कारावास में हूँ।

लेकिन आज आये इस ख़त ने मुझ में एक नयी सुबह की आस जगा दी है। अब रात को सब के सोने के बाद देखना है कि ये ख़त आखिर किसने लिखा है।

मैं तो उम्मीद ही कर सकता हूँ कि ख़त ज्योति ने लिखा हो क्योंकि एक वो ही तो थी जो मुझे ख़त लिखा करती थी।

दुकान बंद कर घर जाना है और फिर प्रतीक्षा करनी है कि सब सो जायें। खैर, आज तक प्रतीक्षा ही तो करता रहा हूँ, तो थोड़ी और सही! उन्नीस साल तक मैंने ज्योति के ख़त का इंतज़ार किया है। मुझे कोई चाहत नहीं, केवल इतनी उम्मीद है कि ज्योति आज भी मुझे प्यार भेजे, नफरत नहीं। आज तक मैंने ज्योति के प्यार को वैसे ही अपने सीने में संभाल कर रखा है। प्रीति को खोने के बाद ज्योति ही तो मेरा सहारा बनी थी। अगर ज्योति मेरी जिंदगी में ना आती तो शायद मैं भी कठपुतली बन माँ के कहे अनुसार इंजीनियर बन जाता। मगर, जो जीवन मैंने

जिया वो अलग और बेमिसाल था। मेरी जीवन यात्रा में मैंने हजारों विचार स्वयं किये, किसी के लिखे या कहे विचार को दोहराया नहीं। सब ज्योति के बदौलत।

काश, हम इंसान अतीत को बदल पाते!

आज मुझे या तो हार मिलेगी या फिर जीत। मगर, एक नया अहसास तो जरूर होगा। शायद वो अहसास मेरी आनेवाली जिंदगी बदल दे, मुझे बदल दे या फिर कुछ हो ही ना और कुछ ना बदले। इंतज़ार में एक अलग ही रोमांच होता है और मैंने तो उन्नीस साल इंतज़ार किया है। अब देखना है कि ऊँट किस करवट बैठता है।

भाग: 34

कभी-कभी इंसान बुद्धू बने रहना चाहता है। शायद कोई डर उसे सत्य को स्वीकारने से रोकता रहता है। पर समस्या तो यह है कि यह निर्णय ना दिल लेता है और ना दिमाग़, बल्कि एक छुप कर रहने वाला अहसास जो स्वयं को नाम दिये जाने से भी डरता है, वो लेता है। वो अहसास एक लम्हें में दिल और दिमाग़ दोनों को मजबूर कर देता है, अपने निर्णय पर यकीन कर स्वीकारने को। मगर, वो अहसास तो बस साँसें लेता है उम्मीद के भरोसे। एक ऐसी उम्मीद जो कभी सच नहीं होती और अगर हो जाती है तो रब की मेहरबानी।

मैं भी उन्नीस सालों से, सच जानते हुए भी ज्योति के लिए उम्मीद रखे जी रहा था। मगर, आज मुझे किसी एक सच को तो स्वीकारना ही था।

रात एक बजे, जब घर में सब सो गये तो मैं उठा और स्टडी की ओर बढ़ने लगा। मगर, तभी राधा ने नींद में ही उबासी लेते हुए कहा, "इतनी रात को कहाँ जा रहे हो?" मैं सहम गया, पर मैं सोच भी रहा था कि क्या कहना सही होगा और मैंने तपाक से नींद में होने का अभिनय करते हुए कहा, "आ रहा हूँ, वॉशरूम जा रहा था।" मेरे जवाब को सुन राधा वापस सो गयी और मैं स्टडी की ओर बढ़ गया। सोने से पहले ख़त को मैंने तकिए के खोले में रख दिया था, इसलिए अभी ख़त मेरे हाथ में ही था। अच्छा हुआ कि राधा की नज़र ख़त पर नहीं पड़ी।

मैंने स्टडी में पहुँच लाईट जलाई और दरवाजा बंद कर बैठ गया। मैंने जैसे ही ख़त पर अनामिका का नाम देखा, मेरा दिल टूट गया। मेरी सारी भावनाएँ व्यर्थ चली गयीं थी। ज्योति ने आज भी ख़त नहीं भेजा। मुझे बहुत खराब लग रहा था। मगर, साथ ही दिमाग़ में चल रहा था कि आखिर अनामिका को मुझे ख़त लिखने की क्या जरूरत पड़ गयी?

अभी दस दिनों पहले ही तो, उन्नीस साल बाद, अचानक अनामिका मेरे घर चली आयी थी। आज अनामिका पटेल केंद्र सरकार में एक बहुत बड़ा नाम है। हमारे बिहार में गठबंधन की सरकार के प्रचार के लिए केंद्रीय पार्टी का चेहरा

अनामिका थी। इसीलिए वो जब मुजफ्फरपुर में जन संबोधन को आयी तो सीधे मेरे घर चली आयी।

बिना सूचना एकदम से उसके आने ने मुझे चौंका दिया था। मगर, मुझसे ज्यादा वो लोग हैरान थे जिन्हें मेरे और अनामिका के बारे में कुछ नहीं पता था। यानि कि पूरा मोहल्ला, लोकल नेता और सबसे ज्यादा मीडिया वाले। मीडिया की भीड़ के कारण वो अधिक देर रुकी भी नहीं।

मैं जहाँ तक समझ रहा था, मुझे बस ऐसा लग रहा था कि अनामिका उस दिन मुझसे और मेरे अपनों से मीडिया की भीड़ के कारण ढंग से बात नहीं कर पाई थी, इसलिए ख़त लिखा होगा! मगर, ये महबूब का ख़त तो था नहीं, जिसे खोले बिना खुशबू से ही मजमून समझ आ जाता। इसलिए मैंने ख़त खोल ही लिया।

ख़त खोल पढ़ा तो संबोधन में लिखा था, 'प्रिय ललित'। प्रिय ललित पढ़ते ही दिमाग़ चलने लगा, 'आखिर अनामिका ने मुझे इस संबोधन से क्यों पुकारा है, जबकि हम तो अधीर के कारण ही एक-दूसरे के साधारण दोस्त थे। मैंने तो उसके प्रेम प्रस्ताव को भी दो-दो बार ठुकरा दिया था। कहीं वो...? नहीं, एक बार से ना सही पर दूसरी बार भी मना करने पर ना समझे, इतनी तो वो बेवकूफ़ नहीं। कोई यूँ ही केंद्रीय पार्टी का स्टार प्रचारक थोड़े ना बन जाता है?' मैं आत्ममंथन ही कर रहा था कि लगा आगे पढ़ कर देखूँ तो, आखिर उसने लिखा क्या है?

आगे पढ़ा तो समझ आ गया कि वो भी मेरी ही तरह बुद्धू बनी रहना चाहती है। उसने मुझे प्रेम करना नहीं छोड़ा था। यह जान मैं आत्ममुग्ध हो रहा था। मगर, मैं आज भी ज्योति के लिए वफादार रहना चाहता था। इसलिए मैं आगे बढ़ गया। ख़त में आगे लिखा था, 'मैं आज भी तुम्हें प्यार करती हूँ। मैंने जब भी तुम्हें याद किया एक ख़त लिखा, पर भेजने की हिम्मत ना कर पायी। वो सारे ख़त आज एक साथ उस बॉक्स में डाल तुम्हें भेज रही हूँ। उस बॉक्स में उन ख़तो के अलावा एक ऐसी चीज भी है जो तुम्हें अधीर की याद दिला देगी। भैया मुझे तुम्हारे विषय में सब बताते थे। हम भाई-बहन सब शेयर करते थे। इसलिए मैं तुम्हारे विषय में बहुत कुछ जानती थी और यही वजह थी कि मैंने जितना तुम्हें जाना उतना प्यार किया। ललित, मैं तुमसे एक रिक्वेस्ट कर रही हूँ कि तुम वो बॉक्स अकेले में खोलना और अगर हो सके तो इस ख़त को जला देना, वरना मेरा राजनीतिक करियर तबाह हो जायेगा। प्लीज़, ललित, बस इतना कर देना। तुम्हारी अनामिका।'

अनामिका का ख़त पढ़ दिल किया कि काश, ऐसा कुछ मैं ज्योति के लिए कर पाता। मगर, चुंकि मैंने शादी कर ली थी और दो बच्चों का पिता बन चुका हूँ, मैं ऐसा करने की सोच भी नहीं सकता। मैंने ज्योति को कभी नहीं भूलाया। वो हर पल मेरे दिल में रही। लेकिन मैंने ख़त नहीं लिखे। मुझे अगर अपना प्यार साबित ही करना पड़े तो इसका अर्थ हुआ कि मेरे और ज्योति के बीच कभी प्यार था ही नहीं।

भाग: 35

आज दो हफ्ते हो गये हैं। उस रात जब मैं स्टोररूम से बॉक्स ले घर के पिछवाड़े गया था तो मन में बस एक ही बात थी, 'जब अनामिका जानती है कि अगर इनमें से एक भी ख़त बाहर निकल गया तो उसका राजनीतिक करियर बर्बाद हो सकता है, तो वो इतना बड़ा रिस्क और वो भी चुनाव के दौरान क्यों ले रही है? क्या उसे मुझ पर इतना विश्वास है कि मैं कुछ गलत नहीं करूँगा?'

मगर, सब मेरा भ्रम था। मैं अनामिका के जिस ख़त को पढ़कर उसे स्वयं सा सच्चा प्रेमी समझ रहा था, वो सफेद झूठ से ज्यादा कुछ नहीं था। मैंने उस ख़त को भावनाओं से भरा समझ, अनामिका के कहने पर भी जलाया नहीं बल्कि उठाकर एक किताब के बीच रख दिया था। लेकिन मैं नहीं जानता था कि अनामिका मुझे चोट पहुँचाना चाहती थी। मैंने जैसे ही बॉक्स खोला एक धमाका हुआ और उसके बाद कान में सीटियाँ बजने लगीं, सब धुंधला रहा था, मन और तन दोनों में पीड़ा हो रही थी और शायद मैं बेहोश हो गया। मुझे बस वो ही पल याद है, उसके बाद का कुछ नहीं।

आज जब होश आया तो बृजमोहन भैया सामने बैठे थे। थोड़े चिंतित थे, पर मुस्कुरा रहे थे। मैंने जैसे ही भैया कहा, हँसकर बोलें, "अब होश आया है, कमीने।" उनकी आँखें छलक पड़ी थीं। मेरा हाथ अपनी हथेलियों के बीच पकड़ कर कहा, "कोई तकलीफ़ महसूस तो नहीं हो रही ना?" जवाब में मैंने ना में गर्दन हिलाई तो आँसू पोछते हुए, "आता हूँ," कह कमरे से निकल गये।

वो डॉक्टर और परिवार वालों को साथ ले लोटे और फिर डॉक्टर ने मेरी जाँच कर कहा, "अब ये बिल्कुल ठीक हैं, बस दो दिन और अस्पताल में रहेंगे और फिर आप इन्हें घर ले जा सकते हैं।"

डॉक्टर की बात सुन राधा का चेहरा खिल उठा था। माँ भी खुश थी। पिता जी भी व्हील चेयर पर बैठे मुस्कुरा रहे थे। मेरा पूरा परिवार मुझे घेरे खड़ा था। आज लग रहा था कि मैंने जीवन में क्या हासिल किया है। भीड़ में पीछे अमृता दीदी

भी खड़ी थी। जैसे ही मेरी नज़र उनकी नज़र से मिली मैं दीदी को देख मुस्कुरा पड़ा, मगर तभी रोहित और रोहिणी दोनों तरफ से आ मेरे सीने से लिपट गये। उन्हें वैसा करते देख बृजमोहन भैया का बेटा रोहन भी मेरे सीने से चिपक गया। बच्चों का स्नेह देख आँखें भर आयीं, पर मैंने माहौल को रोने वाला ना बनाने के लिए अपने आँसू रोक लिये और हँसकर कहा, "अरे, तुमलोग फिर मुझे कोमा में धकेल दोगे। सीने पर कितना वजन डाल दिया है।"

मेरी बात सुन सब हँस पड़े।

डॉक्टर ने सबको केवल पाँच मिनट मिलने की इजाजत दी थी इसलिए एक-एक कर सब कमरे से निकल गये। मगर, मैंने बृजमोहन भैया को आवाज दे रोक लिया। मुझे जानना था कि आखिर उस धमाके के बाद क्या-क्या हुआ क्योंकि मुझे, अनामिका ने जो मेरे साथ किया वो क्यों किया यह वजह जाननी थी।

सबके जाने के बाद बृजमोहन भैया ने मेरे करीब बैठते हुए कहा, "अभी दिमाग़ पर ज्यादा स्ट्रेस लेने की जरूरत नहीं है। मैं जानता हूँ कि तेरे दिमाग़ में क्या चल रहा है, पर अभी तू पूरी तरह स्वस्थ नहीं है।"

भैया की फिक्र अपनी जगह उचित थी, पर मुझे सच जानना था क्योंकि अगर सच ना जानता तो ज्यादा बेचैन रहता। इसलिए मैंने भैया से सब बताने की जिद्द की। आखिरकार भैया को मेरी जिद्द के आगे झुकना ही पड़ा और उन्होंने मुझे बताया कि कैसे मेरे कोमा में जाने के बाद अनामिका ने राजनीति की। भैया ने बताया कि मेरी किस्मत अच्छी थी कि बम ज्यादा शक्तिशाली नहीं था और मेरी जान बच गयी। वैसे भी धमाके के झटके से मैं दूर जा गिरा था और बेहोश हो गया था। वो तो राधा मुझे वक़्त पर अस्पताल ले आयी जिससे मेरी जान बच गयी।

भैया ने कहा कि, अनामिका ने घर में हुए धमाके को विपक्ष की राजनीतिक चाल बता चुनाव में काफी वोट बटोर लिये। उसने लोगों को यकीन दिला दिया कि मैं उसका मित्र हूँ इसलिए मुझ पर हमला हुआ। लोगों ने भावना में बहकर उसकी गठबंधन पार्टी को जीत दिला दी। जब मैं बेहोश था तो वो एक बार मुझे देखने भी आयी थी।

भैया की बात सुन मुझे सारा माजरा समझ आ गया था। मैंने भैया को सब सच-सच बता दिया। उन्हें ख़त और बॉक्स की बात भी बता दी और ये भी बता दिया कि वो ख़त अभी भी मेरे पास ही है। मेरी बात सुन भैया हैरान थे।

मगर, वे कुछ कहते उससे पहले ही मुझे अनामिका की आवाज सुनाई दी और मैंने देखा कि वो सामने से चली आ रही है। उसे देख भैया और मैं खामोश हो गये।

अनामिका ने मेरे पास आकर कहा, "सॉरी, ललित, दिल पर मत लेना। तुम तो सच जान ही चुके हो, पर जो भी हुआ वो मेरी मजबूरी थी। राजनीति में बहुत कुछ करना पड़ता है। तुम्हारी जान बम के कमजोर होने के कारण नहीं बची बल्कि मैंने वो कम पावर का बम ही भेजा था। मैं तुम्हारी जान नहीं लेना चाहती थी क्योंकि तुम अगर मर जाते तो चार दिन में सब भूल जाते मगर, तुम कोमा में थे तो लोगों की संवेदना मेरे साथ निरंतर बनी रही। ये राजनीति है, बस। स्वस्थ हो जाना तो घर आना, बैठकर बातें करेंगे। अब चलती हूँ।"

अपनी बात खत्म कर अनामिका चली गयी। भैया भी, "कुछ मत सोच, कुछ करने की जरूरत नहीं। पहले जैसे चल रहा था, बस वैसे ही रह।" कह कर चले गये।

मगर, मैं मुस्कुरा रहा था क्योंकि जीवन यात्रा में यह वो सबक था जिसकी मैंने अपेक्षा भी नहीं की थी।

आज मैंने जान लिया था कि कुछ लोग कभी लौट कर नहीं आते, जैसे ज्योति। कुछ लोग परवाह करते हैं पर जताते नहीं, जैसे गुड़िया दीदी, और कुछ लोग कभी मुखौटे नहीं उतारते, जैसे अनामिका।

मेरी यात्रा तो अभी जारी ही रहेगी। मगर, सबक जो सब कहते हैं, 'सही के साथ हमेशा गलत होता है', सच ही है।

समाप्त...

You Write. We Publish.

To publish your own book, contact us.

We publish poetry collections, short story collections, novellas and novels.

contact@thewriteorder.com

Instagram- thewriteorder

www.facebook.com/thewriteorder

www.ingramcontent.com/pod-product-compliance
Lightning Source LLC
LaVergne TN
LVHW010338070526
838199LV00065B/5753
9789357768771